伊氏诗稿

伊人 著

西泠印社出版社

引

　　韵句中散落着意念的碎片,庭院阒然,疏影离离……心绪风似的吹动,那性灵的缱绻、挣扎,在西堤旁倚下她低垂的脸——

目录

词

摊破浣溪沙……………… 003
扬州慢…………………… 004
卜算子…………………… 005
苍梧谣…………………… 005
更漏子…………………… 006
高阳台…………………… 007
玉蝴蝶…………………… 008
定风波…………………… 008
酒泉子…………………… 009
双双燕…………………… 010
离亭宴…………………… 011
忆秦娥…………………… 012
鹊桥仙…………………… 012
三字令…………………… 013
水龙吟…………………… 014
千秋岁…………………… 015
摊破浣溪沙……………… 016
昭君怨…………………… 016
望海潮…………………… 017
孤雁儿…………………… 018
贺圣朝…………………… 019
凤凰台上忆吹箫………… 020
夜游宫…………………… 021
子夜歌…………………… 022
卖花声…………………… 023
杨花落…………………… 024
临江仙…………………… 025
小重山…………………… 026
眼儿媚…………………… 027
满庭芳…………………… 028
太常引…………………… 029
西江月…………………… 029

子夜歌	030	青玉案	046
风敲竹	031	南浦月	047
一剪梅	032	醉花阴	047
朝中措	033	南楼令	048
青衫湿	033	一丛花	049
吴门柳	034	深院月	050
醉桃园	035	浣溪沙	050
南歌子	035	踏莎行	051
八声甘州	036	阑干万里心	051
南乡子	037	解佩令	052
江城子	038	秋夜月	053
沁园春	039	减字木兰花	054
浣溪沙	040	行香子	055
吴山青	040	蝶恋花	056
雨霖铃	041	玉楼春	056
鹧鸪天	042	碧桃春	057
诉衷情令	042	一剪梅	058
蝶恋花	043	潇湘神	058
归字谣	043	少年游	059
忆江南	044	钗头凤	060
采桑子	044	云淡秋空	061
清平乐	045	渔歌子	061

月当窗………	062
三台令………	062
生查子………	063
天仙子………	064
琴调相思引………	065
醉太平………	065
巫山一段云………	066
画堂春………	066
远山横………	067
破阵子………	068
月底修箫谱………	069
虞美人………	070
清平乐………	070
一丛花………	071
蝶恋花………	072
采桑子………	073
梦江南………	074
醉花阴………	075
南浦月………	076
小桃红………	077
诉衷情令………	077
永遇乐………	078

诗

西岭春早………	081
春到江南………	081
上元日………	082
春朝………	082
甲子吟怀………	083
江南烟雨………	083
江儿水………	084
春望………	084
清明思故人………	085
初夏………	085
初伏雨后吟………	086
听蝉………	086
月下………	087
戊戌白露………	087
窗外………	088
西山秋夜思………	088
西湖月………	089
戊戌中秋………	089
西岭后山宿望………	090
嘱雁书………	090
客北漫思………	091

归心	091	处暑	105
昨宵	092	菱花	106
新安江上	093	故地梅子绿	107
远行	094	丁酉立秋	108
陌上思	094	夕梦	108
五台山东台顶临谒	095	秋庭	109
早春	095	丁酉秋怀	109
清明思故人	096	遣思	110
莺花	096	秋意	110
客山听雨	097	落梦人	111
春江	097	茱萸节	112
春辞	098	霜日	113
西府花见	098	丁酉秋暮	113
雨夜	099	西岭远眺	114
夏遣	099	秋怀	114
小满日	100	立冬午时	115
夏思	101	寒衣节	115
西湖旧影	102	冬日歌	116
夏至日中	103	小雪前夕	116
丁酉小暑后一日	104	冬有思	117
蛙声	104	冷泉候雪	117
夏夜	105	下元吟晚	118

昨宵 …… 118	秋日看花 …… 130
客北怀远 …… 119	昊雨 …… 130
大雪 …… 119	九殇 …… 131
子月寄远 …… 120	暝 …… 131
江天 …… 120	秋望 …… 132
旦日 …… 121	南雁 …… 132
寒日 …… 121	夜思 …… 133
子月怀思 …… 122	秋怀 …… 133
岁暮 …… 122	窗外 …… 134
西岭望梅 …… 123	冷泉烹炉 …… 135
夕冬 …… 123	望月 …… 136
立春 …… 124	冬至有霾 …… 136
春归 …… 124	岁晚 …… 137
美阳 …… 125	西湖归晚 …… 137
忆江南 …… 126	夕影亭 …… 138
日坛春望 …… 126	乡路 …… 138
荷 …… 127	姚公埠 …… 139
冷泉亭下 …… 127	若耶溪 …… 140
听雁 …… 128	故里即怀 …… 141
云溪赋怀 …… 128	花未眠 …… 141
夏日 …… 129	南海临望 …… 142
秋月 …… 129	元日 …… 143

登五台山碧螺顶 …… 144	莫高窟 …… 159
过雁门关 …… 144	春访和平寺 …… 160
立春 …… 145	暑日 …… 161
上元日 …… 146	山野来客 …… 162
长庚星 …… 147	室韦夕照 …… 162
春朝 …… 148	夏夜 …… 163
西山春景 …… 148	过崖儿城 …… 164
早春二月 …… 149	火焰山 …… 165
惊蛰 …… 149	吐鲁番行 …… 166
鸧鹒 …… 150	鸣沙山 …… 167
春分 …… 151	博斯腾湖 …… 168
西岭踏青 …… 151	西山向晚 …… 169
西堤春早 …… 152	那拉提草原 …… 170
游昆明湖 …… 152	开都河畔 …… 171
冷泉春望 …… 153	塔克拉玛干行 …… 172
羽儿 …… 154	赛里木湖 …… 173
守岁人 …… 154	果子沟 …… 174
甲午除夕 …… 155	夜来香 …… 175
春分 …… 155	乙未中秋夜 …… 175
植竹 …… 156	西山暮秋 …… 176
泊庐 …… 157	莫日格勒河岸 …… 177
月下 …… 157	边地之边 …… 178
春鸣 …… 158	西递村色 …… 179

妙峰山春晓	180	过晋祠	197
小雪日	180	黄山北望	197
山门	181	岱岳临远	198
重上凤凰岭	182	武夷山	199
岁更	182	登嘉峪关	200
春景	183	领要亭	201
过唐古拉山口	183	玉门关怀古	202
雪牛	184	访常住院	203
望珠峰	184	过倒淌河	204
锄云	185	春憩梅家坞	205
冬夜	185	甲午秋日	205
芍陂	186	登玉龙雪山	206
春日	187	中秋寄女	207
春草	188	秋分	207
谷雨	189	登北岳恒山	208
卜居	190	抵拉萨	209
淮上	191	悬空寺	210
沧浪亭	191	云冈石窟	211
书李君	192	过桑干河	212
桐花凤	193	商丘春早	213
杜鹃	194	庐山云雾	214
离垢园	195	西岭泊远	214
难老泉	196	花见	215

水灵榭	215	武夷书院	233
寄外孙女	216	遣兴	235
西临华山	217	三月天	235
大雪	218	端午鹊鸣	236
壮悔堂	219	品昆曲	236
白家滩	220	登董家口长城	237
闻啼	222	花事	237
望梅	222	山野	238
过林芝	223	辛卯白露	238
三峡行	224	西山隐	239
乡村行远	225	过米拉山口	239
阿尔泰夏夜	226	谒墨竹工卡	240
月牙泉咏	227	瞿昙寺	241
夜泊茅家坞	229	题玄妙观	242
外婆家	229	姑苏秋夜	243
夏夜	230	昆明湖畔	244
望月	230	西山听雪	244
观海	231	无题	245
感怀	231	冬雪	245
君子	232	星夜	246
竹君	232	潮河放龟	246
秋怡	233	首春	247

意兴（四首）……… 248	山庄小憩……… 262
登尼丘山观川亭…… 249	昆明湖望柳……… 263
题潭柘寺……… 250	癸巳清明……… 263
天井……… 250	婺源晨起……… 264
君山斑竹……… 251	杏花（二首）……… 265
樱花……… 252	楠竹夏夜……… 266
乡间……… 252	夏夜听雨……… 267
东滩春晓……… 253	秋意（二首）……… 267
游燕塞湖……… 254	山墅……… 268
兰亭春早……… 255	秋日遣怀……… 268
夏日偶得……… 256	西堤雁未归……… 269
游天马山……… 256	日月山上……… 270
登澄海楼……… 257	云笺……… 271
南迦巴瓦峰临望…… 257	
心儿遣……… 258	

其他

中秋夜思……… 258	
过阳关……… 259	春罗绉……… 275
古道行……… 260	冬夕谣……… 276
偶得……… 260	小桃红……… 277
洛阳观牡丹不遇…… 261	倚阑夜……… 278
思归……… 261	红绣鞋……… 279
夜泊云湖山庄……… 262	

词

摊破浣溪沙

春意阑珊倚画帘,小楼西岭起高轩。
不忍繁花落风里,绪难安。

环佩声声侵月夜,者般隐隐使人怜。
细雨霏微无掩处,湿青衫。

丁酉年立夏西山午后逢雨。

扬州慢

夏木阴阴,芳菲消歇,云帘絮卷窗楹。
听西山深处,正淅淅泠泠。
似花雨、亦知春尽,怎添愁绪,斗转频仍。
渐三更、苍宇几多,寂野飞蓬。

故人滋味,念于今、都落江亭。
任思绪纷纷,因何独尔、堤上同庚。
满目柳烟莺去,连宵月、斯影飘零。
奈景光流荡,小桥夜枕空蒙。

丁酉年四月二十一日于京西冷泉。

卜算子

窗外一榴花,金盏辰光对。
云底林间晓色清,欲把珠环佩。

举袂独扶疏,谁捻琼枝细。
斟尽瑶觞不肯休,莫作飞花坠。

丁酉年夏月西山作。

苍梧谣

婵,晓月烟花客不眠。
清宵短,不忍听啼鹃。

丁酉年夏月西山清宵作。

更漏子

绿阴生,林欲静,岭外蝉声相应。
云片片,水泠泠,苍梧枝上凝。

阑珊景,竹篱影,池鸟宵来啼梦。
闻玉笛,过三更,小窗今夜明。

丁酉年夏月于北京西山。

高阳台

月满西庭,云蒸梦泽,碧阑干外悄悄。
疏影幢幢,段桥一抹昨宵。
梧桐不减南山路,听遥遥、高柳鸣蜩。
渐三更,岭上含烟,目底萦缭。
别离总是伤情客,到于今依旧,昔雁啼巢。

莫道新愁,菱花空对江皋。
风华都清灯彻,掩珠帘、暮旦相交。
夜中天,万籁皆沉,此意难消。

丁酉年六月十九日西山宿怀。

玉蝴蝶

一堤梅雨初收,隔岸月如钩。
谁与泊孤舟,菱花寂寂愁。

菱荷伤别绪,稠草使人忧。
何处是江楼,景光云里流。

丁酉年岁夏夜西岭望月。

定风波

西岭云天夏色收,一声鸣雁小窗秋。
不忍辰光时向暮,梅坞,露葭点点湿舟头。

木叶萧萧江上顾,乡路,钱塘夜夜望君侯。
凭煞芦花烟里伫,何不,邀约明月说闲愁。

丁酉年岁秋京西林语山庄作。

酒泉子

露葭些微,秋宇晚来何藉。
隔云山,凭远意,鹤犹归。

竺亭应识故人谁,秋水掩波迢递。
小窗西,怀思最,月如眉。

                丁酉年岁秋月京西思怀。

双双燕

燕南去了,望西岭眉山,宇空风满。
竹庭秋色,月下小轩帘卷。
苍际光阴欲染,绪纷乱、黄昏漫漫。
长堤十里斜阳,客地一声莺遣。

江岸,秋波碎软。
荡浩浩心澜,绕襟飞溅。
画栏泊晚,怎的梦怀宵短。
惆怅双眸辗转,损娥黛、蟾宫凝遍。
银池桂影约约,碧水飞红片片。

丁酉年荷月二十三日西岭怅望。

离亭宴

浩宇燕啼声差,碧落飞红愁煞。
小阁三更闲坐许,寥野素轩云洒。
人在月儿边,意懒亭台檐下。

窗外烟丝听那,寂寞梧桐枝桠。
岫霭别帘南去羽,空影暮朝谁榻。
叶上露初分,一点秋怀也罢。

丁酉年岁秋西山作。

忆秦娥

西岭叠,夜阑目断箫声切。
箫声切,若如音绝,是为愁咽。

小楼空隔蟾宫阙,去年今岁朦胧月。
朦胧月,一帘泪眼,此心何藉。

丁酉年岁秋西山听箫。

鹊桥仙

蒹葭曳曳,苍苔寂寂,月下疏帘夕暮。
不堪秋水又滔滔,问问问、归鸿何处。

风声细细,钟声切切,窗外云山凝伫。
谁人吹笛到天明,莫莫莫、此音难诉。

丁酉年七夕西山作。

三字令

风寂寂,雨微微,漫心扉。
闻滴答,落荷池。
依北牖,卷秋帘,西岭外,露花飞。

衿袖捻,瘦绡衣,湿云堆。
愁绪织,梦相厮。
摇竹影,夜更深,怀思远,小窗迟。

丁酉年七月十五日中元吟怀。

水龙吟

旻空疏影星寥,暮云帘卷秋风早。
清宵凝露,霜辰流白,宇天浩浩。
廓野商庭,岭峦明皎,高轩凭眺。
雁飞怀思远,此君何奈,闲情扰、心缥缈。

欲把栏干拍老,绪纷茫、吟蝉怜鸟。
筝桐捻尽,那弦声里,南屏诉了。
月上篱窗,捻托抡抹,夜阑衿绕。
赋平湖旧曲,余音袅袅,问谁知晓。

丁酉年秋月于西山。

捻托抡抹:古筝弹奏指法。

千秋岁

商风露白,素字横空廓。
征雁影、霜辰没。
羽天怜别意,因之多寥落。
轩窗外,秋帘幕隔他山错。

璿斗无停座,四序相行过。
念去去,江南陌。
堤边怀思泊,花底藏云鹤。
年岁减,光阴莫奈情如昨。

　　　　　　　　　　丁酉年秋月西山作。

斗:指北斗星。

摊破浣溪沙

杨柳枝头白露秋,落花水面泊孤舟。
谁送雁儿云朵里,把乡愁。

葭动瘦栏何故故,惜怀更觉岁华流。
惆怅若将消永昼,意难收。

丁酉年白露作于京西。

昭君怨

池上蓼红几几,槛外菊黄历历。
篱树动疏桐,雁飞东。

月色晴明光满,玉露空澄约宛。
一叶落窗秋,是江舟。

丁酉年寒露京西林语山庄作。

望海潮

一帘湖水,清波荡漾,澜桥晓月堤旁。
山越地南,风丝雨巷,竹庭青石河坊。
侬个绕轩窗,有闻香阵阵,花也徜徉。
梦里钱塘,此生宿永向家乡。

平湖绝好辰光。
春草怜早露,人在何方。
宵来便是,银娥弄影,幕空夜色惘茫。
奈者思绵长,只把经年赋,吟奏笺张。
岁岁阑干拍遍,底事最神伤。

丙申年西山春思。

澜桥:杭州西湖苏堤锁澜桥。

孤雁儿

梦回梦醒元宵夜,星点点、孤山月。
孤山月下别洲头,波上画船离阙。
雨丝风软,青罗凝咽,那玉峰愁叠。

几番春了伤时节,江渺渺、愁亭榭。
愁亭似个雨涟涟,滴尽平湖何藉。
北窗钩转,更阑新岁,谁解吾心结。

丙申年元夕西山作。

贺圣朝

杭城一别思如水,淌流年晴未。
烟波清影月轮明,夕夕空相对。

涓涓滴露,朝朝来会,是长亭滋味。
小桥花杏雨微微,送匆匆春岁。

　　　　　　　　丙申年西山春暮。

凤凰台上忆吹箫

蒲草微微,堤分鹅柳,春风春雨江船。
北斗拨云翠,花满亭烟。
故旧辰光无限,凝眸处、景落眉间。
南山路,莺儿唤我,碎了心田。
心田,昼来低语,怎的起漪涟,应是无缘。

想月楼深处,思织云笺。
听旅竹箫声短,江梅瘦、枝上流年。
此怀久,频频谁添,似水盈千。

丙申年西山春忆。

夜游宫

月下西山启牖,暮云卷、岭光空候。
目底凝烟一波皱。
玉桥头,有人愁,依北斗。

南雁鸣枝又,丙申首、咽声宵久。
啼落江南杏雨后。
感花时,旅思千,怀难就。

丙申年西山春怀。

子夜歌

南屏晚暮空梵刹,钟声夜半西山下。
风送杏花差,月移梅影来。

旧枝闻恰恰,陈露沾罗帕。
墀雨积苍苔,老墙知此怀。

丙申年西山春夜。

南屏:杭州西湖南屏山。

卖花声

春夜梦钱塘,缱绻篱窗,晚风低语到堤旁。
我待花期花待我,一枕芬芳。

飘雨也含香,锦带徜徉,旧时风月旧时光。
底个辰光相别后,人在哪厢。

丙申年西山春吟。

锦带:杭州西湖锦带桥。

杨花落

花开了,燕子飞来啼杪。
啼尽西湖春亦早,烟波何渺渺。

柳岸仍凭谁晓,离绪又惊眉鸟。
闲数落花怀故老,小桃枝上扰。

丙申年春西山思遣。

临江仙

冥雾沉沉芳满地,风吹雨落漂纷。
绵绵密密湿衣襟。
花飞人已散,帘卷柳烟侵。

云岫空横山寂寂,灯阑堤漫钟声。
栖霞且去影留屏。
小楼春欲瘦,西岭泪三更。

  丙申年三月初八日别老母于北京西山温泉。

小重山

春到西湖凝翠堤,小桃今又在,等谁归。
枝头花萼蔓心扉。
梨花泪,波上信风吹。

有梦夜徘徊。
望西楼何奈,雁鸿飞。
碧流长向一江持。
孤山雨,黄杏绿梅时。

丙申年春作于西山。

眼儿媚

桃花落罢楝花开。
夜雨滴楼台。
软风成阵,竹箫吟语,都是离怀。

南窗北阁容颜改,春暮锁苍陔。
雁来每每,月儿思落,晓色浮腮。

丙申年春夜客怀,作于西山。

满庭芳

小院新篁,池荷初展,粉墙朱牖除庭。
柳枝虚处,梅子已青青。
湖上舟横碧宇,画屏染、景色空明。
钱江岸,翩跹旧影,想故里怀萦。

涛声,闻夜晚,南鸣北啭,老了啼莺。
任花谢花开,都付闲情。
奈夕潮侵满满,扰纷乱,此绪难平。
光阴漫,低眉默望,泪雨落杭城。

丙申年春作于西山。

太常引

一湖春影泊云轩,惊醒小窗眠。
绿水逐廊前,远山黛、清风卷帘。

遥看花底,青梅细数,谁又把愁添。
怎的不能还,罢罢罢、箫声夜阑。

丙申年春作于京西。

西江月

烟里西湖点点,清风竹叶声声。
孤山夜雨过桥亭,恐湿蹒跚老径。

此有离怀凭且,蓬舟不见归行。
欲圆旧梦向杭城,常思江南花杏。

丙申年夏作于北京西山。

子夜歌

湖山湖水湖边柳,堤花堤月堤知否。
昨夜梦杭州,人依楼外楼。

问谁空听岫,欲把归期候。
怎的不能留,吴山点点愁。

丙申荷月初一日作于京西。

风敲竹

岭上愁云卷。
听遥遥、蝉啼宇野,小窗凭晚。
镜月花轩今何处,几点飞鸿声唤。
空渺渺、辰光望断。
一棹残荷都摇遍,卷屏帘、只有宵来伴。
斯影乱,柳堤掩。

流年旅北流年转。
夜阑珊、西阳凭送,意怀难遣。
烟雨杏风江南岸,栖老梧桐泊暖。
思绪漫、星辰也感。
更待枝头南归雁,久徘徊、应惜芳时短。
案几展,赋书简。

丙申秋月作于西山林语山庄。

一剪梅

荷叶青青莲藕香。
婀娜临风,在水中央。
玉波倒影过钱塘。
云也缠绵,雨也飘窗。

秋雁南飞向远方。
替我还将,去到家乡。
长亭花歇白堤旁。
月下涓涓,湖上汤汤。

丙申年秋西山客怀。

朝中措

小楼明月照西窗,都野素风凉。
眼底池莲寂寂,天边苇草苍苍。

舟蓬远影,只鸿飞宇,去往何方。
又见菱荷花谢,夜阑疏岭秋黄。

丙申年七月作于西山冷泉。

青衫湿

秋来最思西湖月,亭水映溶溶。
高风拂阁,澜桥历历,夕影横空。

凝眉细数,苏堤花谢,雁旅苍穹。
小楼云锁,依依怎了,此意情浓。

丙申年秋西山有怀。

吴门柳

月下小楼愁满地,江花吹落深秋里。
一棹风烟堆思意。
钱塘外,娥蟾对影栏干倚。

夜半箫声声欲碎,潋波堤草何时会。
却听吴音人掩袂。
宵风起,离怀都付西湖水。

　　　　　　丙申年九月二十一日西山夜半听箫。

醉桃园

一帘晓月挂天明,霜花疏影凝。
小楼更送不堪凭,秋宵底个情。

风缱缱,意泠泠,西湖点点萍。
苍天白鹭往南行,啼声落晚亭。

丙申年西山秋宵。

南歌子

苇草年年白,芦花岁岁开。
归鸿回首几徘徊,风拂江堤无语动秋怀。

客旅他乡久,人如夜当差。
故园一别日难挨,四十二年离思落南陔。

丙申年十月初二日西山秋怀。

八声甘州

似这般秋雨急匆匆,沥沥满长空。
望江天鸿渐,云隅一抹,点点苍穹。
霜岭经年途景,留梦任西东。
意泊栏干瘦,夜色朦胧。

埔岸吴风吹晚,那繁花来过,又落堤红。
奈吾心如月,逝水怎难穷。
遍瀛洲、涟波旦旦,想湖山,老棹湿昔踪。
光阴软、小桥舟影,是我颜容。

丙申年十月初三日西岭忆别。

南乡子

子夜听江流,故里钱塘已暮秋。
云影远桡更与共,舟头,忆得霜花哪畔留。

执盏怎消愁,心有涟漪意不休。
隔水吴鸥鸣迟迟,绸缪,月到东南两地忧。

　　　　　　丙申年十月初五日作于西山。

江城子

留云亭上数峰低。
问谁知,雁归时。
宵饮三更,初雪落微微。
东篱寒虽因有梦,她思得,夜阑稀。

清波门外小桥西。
影遥遥,哪厢依。
花荻湖烟,约晚意斯斯。
底事朦胧真个是,云雾里,晓风随。

丙申年冬月西山约晚。

沁园春

旅雁南飞,掠过江堤,是我故园。
见玉梅花早,扶栏相望。
渚渚泪眼,滴滴南山。
似那西湖,秋澜荡荡。
淅雨深深湿阁檐。
情怀处,问别来如若,老椁依怜。

辰光波逐船边。
暮帘卷、啼莺有梦还。
那画屏疏柳,斜阳脉脉。
几多痴守,晓月栏干。
苇草行开,交襟千里,晚木临亭思水涵。
楼空也,怎知归何处,恐又姗姗。

丙申年十一月二十九日作于杭州。

浣溪沙

月色溶溶照碧窗。心随风起向何方。
此宵泊得几辰光。

莫是平湖天上落,涟波那畔是吾乡。
小桥犹在水中央。

丁酉年三月西山夜思。

吴山青

平水流。平水流。
湖上清波逐埠头。堤花点点忧。

何时休。何时休。
晓岸谁家愁更愁。他乡人倚楼。

甲午年腊月西山凭晚。

雨霖铃

一湖愁雨,烟绡丝缕,绪逐澜助。
亭台槛影深处,西堤柳岸,扬花飞絮。
或恐春来又去,倚宵更无数。
问问问、帘外莺啼,换取经年几时许。

瀛洲不载凌波暮,意绵绵,恰对轻风诉。
江舟老棹点点,回目望,那弯清宇。
此别何言,行旅应知晓月凭度。
莫莫莫、千里钱塘,不问离人否。

乙未年二月西山夜语。

鹧鸪天

百里西湖一鉴天,清波门外旧亭山。
此时风软钟声起,犹见池桥落影涵。

杨柳岸,梦阑珊,桃花流水思涟涟。
旧时庭院今何在,枝上啼莺泊哪边。

乙未年杏月西山思遣。

诉衷情令

灯阑帘卷夜无眠,晓月正孤悬。
元阳更昼时候,星若雨,岁阑珊。

追往事,忆流年,梦如烟。
小楼今晚,人在眼前,心在天边。

乙未年作于元阳夜。

蝶恋花

一夜依稀凝早露,月落辰时,别绪西山顾。
枝上柳帘湖上雨,遍看堤外无寻处。

烟里思怀凭几许。南雁高啼,知晓离人否。
暮暮朝朝人永伫,江南江北谁愁与。

乙未年二月西山春怀。

归字谣

春。
湖上莺飞杨柳新。
长亭外,千里待归人。

乙未年二月西山怀思。

忆江南

江南岸,西子柳边桥。
点点吴山烟万缕,茫茫绿水雨侵宵。
晓月挂眉梢。

乙未年二月西山望月。

采桑子

春宵瘦尽何时了,山也凝咽,水也凝咽,望断钱塘在岸边。

平湖秋月莺啼柳,山也婵娟,水也婵娟,桥影阑珊夜不眠。

乙未年暮春作于西山。

清平乐

秋风又吹,一地篱花碎。
听雨潇潇人不寐,心遣云溪晴未。

昨宵辗转窗寒,今晨凭取山岚。
日冷霜天帘卷,苍烟愁绪堤边。

    乙未年京西云溪秋望。

青玉案

夜深迎岁无眠户,爆竹彻、千家度。
破腊黄梅依早露。
笙歌苍际,玉浮暝树,绪衍阑珊路。

楼台影乱辰将暮,晓月阡痕映岚雾。
缱绻云帘宵梦数。
江南江北,问君何处,莫把时光误。

辛卯除夕怀思。

南浦月

帘外翁桥,醉楼云阁梅家坞。
柳花飞处,滴滴桃花露。

烟里平湖,晓月宵宵顾。
年少去,景光凝伫,梦锁南山路。

庚寅桃月西湖醉白楼饮,乃作。

醉花阴

深苑茅庭篱影护,古道梅林麓。
风月晓云岚,雁落青坡,细雨春山宿。

西溪听韵长亭诉,折柳人无助。
谁道不还乡,湖上春归,莫道伤心处。

庚寅春宿梅家坞吟怀。

南楼令

木叶满瀛洲,瀛洲云水流。
去悠悠、桂子舟头。
行旅离亭别故里,一轮月、望江楼。

蟾影晓难收,又波涌岭秋。
夜微茫、都付新愁。
倚遍宵阑仍未了,终难忘,少年羞。

甲午年秋为别故乡四十年而作。

一丛花

别乡千里梦相从,夜夜思怀浓。
三十四载离愁绪,更阡陌,细雨蒙蒙。
飞絮绕帘,桃红满径,点点旧时踪。

烟波西子水溶溶,南北各西东。
凭依几度江阑后,又还是眷眼朦胧。
年年新绿,雁儿来过,怎的去匆匆。

　　　　戊子年春为别故乡三十四年而作。

深院月

烟岭外,古桥边。
十里风荷落思千。
真个这般痴梦达,夕加加的泊云天。

乙未年西山秋夜客怀。

浣溪沙

山思云天水思堤,燕门遥目晓妆迟,
恰逢烟雨弄晴时。

问了青山山不语,江舟泊水水依依。
杏花点点二三枝。

乙未年西山仲春闻雨。

踏莎行

孤屿堆烟,晴岚晓暖。
南山眉黛清波岸。
小桥湖上思怀牵,轩舟点点离人恋。

别是春初,去将春晚。
因知尚有愁堤漫。
风丝微软笛声阑,子时灯半依阿遍。

乙未年西山春望。

阑干万里心

半山云塔几多重,平水江流来去踪。
只影迟迟子夜逢。
暮空空,一缕烟愁西岭中。

乙未年西山春夜。

解佩令

丝丝缕缕,轩花低语。
竹箫箫、曦微辰许。
岭上楼头,听雁儿、几声啼宇,晓风知,是谁凭顾。

宵来又度,春秋堆雾。
望杭城、杭城凝絮。
故水云山,藉梦中、一湖烟雨,泊江南、此君永伫。

乙未年春西山有思。

秋夜月

孤蓬葭水边舟。
泊西楼。
月影清涵波漾、逐瀛洲。

望岭后。
桃花袖。
柳丝柔。
别样朦胧滋味、在心头。

乙未年秋作于北京怡思苑。

减字木兰花

荫浓柳重,梅雨杏花花与共。
月月黄昏,绵里暝香香欲闻。

年年春水,婀娜涟沵思不已。
岁岁高楼,望断江南烟雨愁。

乙未年西山春暮感怀。

行香子

淡淡云帘,点点花轩。
月黄昏、目底湖山。
昨宵别了,今又漪涟。
奈何心澜,练波细,水缠绵。

江南江北,前世因缘。
旧芳踪、欲过离还。
宵来去往,料亦徒然。
更待何厢,弗知得,小窗烟。

乙未年春西山怀旧。

蝶恋花

莫道辰时春已静。袅袅烟峦,许许花枝并。
修竹蔚林峰上应,山岚昕遍云轩顶。

溪谷响泉只雁醒,却向江南,又见栖霞岭。
夜夜何时不此梦,多情最是梧桐影。

乙未年暮春西山思远。栖霞岭位于浙江杭州。

玉楼春

小园花信今来早,报得芳菲春袅袅。
碧阶绿牖影婆娑,换取客心思埠草。

一弯瘦月销年少,点点啼痕鸣岁老。
欲湿葛岭最高花,还是去年江上鸟。

乙未年早春西山作。葛岭位于杭州西湖。

碧桃春

桃花香恋一湖春,风清鹅柳新。
赏花人寂欲黄昏,孤鸿藉旧辰。

啼夜夜,水泛泛,江边波上闻。
小舟烟雨倚时分,苏堤一点痕。

乙未年西山春辰。

一剪梅

午夜楼台午夜风,风感云忡,月满秋桐。
连绵山宇向无穷。
烟里江翁,数点飞鸿。

几许相思几许浓,一叶帘栊,是我孤蓬。
谁人总在忆怀中。
只影苍容,泪眼蒙蒙。

乙未年西山秋影。

潇湘神

夏草长,夏草长,离离还作客思伤。

溽雨欲滴滴夜夜,炎风吹老旧衣妆。

乙未年夏西山夜吟。

少年游

涌金门外小桥西,风月满清漪。
一蓑烟水,柳拂眸底,凭隐隐楼池。

影摇兰桨湖山远,波底一舟持。
岁去年来,江南思尽,想老棹归栖。

　　乙未年夏思。涌金门位于杭州西湖。

钗头凤

平湖月,平湖月,皎蟾谁影凝宫阙。
箫声咤,空屏画。
素娥添袖,宇帘高挂。
且!且!且!

伤秋节,伤秋节,不堪池阁吟留别。
绸丝帕,怜香舍。
半山烟色,半山愁榭。
罢!罢!罢!

乙未年秋夜。

云淡秋空

轻纱罗扇,绢香盈袖,枕边人缱。
眉上心头,吴风摇遍,画桥临晚。

一帘湖月阑珊,这般的、泪倾堤漫。
缕缕云烟,绣屏飞羽,夜来都见。

乙未年秋作。

渔歌子

雨过庭前夏已迟,堤蝉鸣树绕云飞。
明月夜,小桥西,风吹晚露湿秋衣。

乙未年秋作于北京西山。

月当窗

一帘春雨,沥沥飘愁许。
休说那离人去,长亭伫、今如故!

孤山宵旦度,阴晴依客旅。
邀对月儿吟遍,江楼外、南山赋。

乙未年春西山赋。

三台令

今夜,今夜,岭上箫声吟舍。
玉帛春水江南,又见绿梅楝花。
花榭,花榭,亭柳堤遥人藉。

乙未年春西山是夜。

生查子

江南一段秋,妆点罗裙袖。
湖上垂帘栊,波织红莲绉。

江南一段愁,凭煞雕栏瘦。
北旅故城遥,人倚黄昏后。

乙未年春西山秋忆。

天仙子

旧日辰光犹复转,老巷河坊眉倚扇。
花随柳曳上吴山,吴山畔,吴山畔,君在楼台云水岸。

烟里裙摇裾浅浅,月下轻舟波染染。
一湖清景饮风荷,风荷软,风荷软,影自娟娟人妙曼。

乙未年秋西山吟。

琴调相思引

小院墙薇上碧轩,庭前桑竹绕虚涵。
晓风谁动,未若柳堆烟。

梅雨杏花花点点,月楼斜影影弯弯。
一张筝藉,犹是道君还。

乙未年春思。

醉太平

山暝夜更,云澜绕萦。
一帘秋月莺声,望烟波翠明。

依依听聆,遥遥凭度。
孤舟老棹笛横,思江南旧庭。

乙未年西山夜听。

巫山一段云

烟里清波荡,湖山月下舟。
岭风空影一蓑秋,云鹤去悠悠。

沥沥江南雨,故人心上流。
离离堤草埠洲头,相思几多愁。

乙未年西山秋意。

画堂春

冥空飞霰落清漪,风亭西岭眉低。
微岚瘦影燕声稀,湖上晚来依。

楼阁画屏愁织,玉桥远岫凝时。
云天离鹤日迟迟,垂柳惹相思。

乙未年冬昆明湖上望雪。

远山横

三春日日拂花千,宵梦锁尘烟。
软风吹暖钱塘柳,澜桥畔、水色盈峦。
山影依依月下,笛音袅袅云间。

一江丝雨落腮边,客老待归船。
湖山湖水南山路,长亭外、别易思难。
湖上连波横那,堤旁倦鸟啼还。

乙未年西山春日有怀。

破阵子

堤上柳亭痴月,湖边鹂鸟声焦。
烟雨江南滴遍了,那雨皆从云外飘,朝朝湿竹箫。

依牖未时不肯,凭帘当昼难消。
岁落三更都拂却,且作长风千里遥,孤山枕寂寥。

乙未年西山春吟。

月底修箫谱

小桥西,亭水岸,春到画屏展。
玉带烟浓,湖上柳儿浅。
影摇明月暄风,絮飞波软,那厢是、堤旁花遣。

夜阑半,是谁吟咏离怀,旧庭晓云暖。
还有声声,莺语梦中唤。
且将暂付书笺,只灯点点,这厢是、支梅送简。

乙未年十二月二十六日立春吟怀。

虞美人

丝丝缕缕何时了,怀绪知多少。
宵来今岁又中秋,一夜小楼缱绻客思愁。

鹤云向晚西泠岸,还是依楣掩。
朱帘花雨在风中,不解此君长泊意匆匆。

甲午年中秋遣怀。

清平乐

金风细细,片片枫叶坠。
微雨沥沥人易醉,一枕小窗浓睡。

昨夜霜打花残,今朝霞满山巅。
日冷霜天时节,云蒙秋色斑斓。

丁亥年九月作于北京云蒙山。

一丛花

梦里故乡几时穷,缕缕情丝浓。
三十四载别离绪,更阡陌,
细雨蒙蒙。
莺啼柳栊,桂子肥红,渺邈何处踪。

烟波西湖水溶溶,不见昔日舫。
几度凭倚江栏后,又还是泪眼朦胧。
岁岁年年,花开花落,绵绵相思梦。

丁亥年正秋作于北京怡思苑。

蝶恋花

飞雁东去行云路,不言归来,怎晓春已暮。
坠絮破月花飞露,十载尘缘何寻处。

千缕离绪梦无诉,问询征雁,会人言语否。
莫道帘落不见月,幔卷西风情依旧。

丁亥年秋望。

采桑子

戊子初春,因差赴沪回杭。年届半百,客居他乡,思乡情未了,以词赋之。

春宵瘦尽人不眠,千里婵媛,千里婵媛,肠断跪仆在湖边。

六曲屏山半生愁,人在哪边,人在哪边,漂泊天涯终无还。

戊子年初春作于杭州西湖断桥。

梦江南

断桥边,
阑风香阶絮。
漪影镜月忆华年,
烟雨绵风细说与。
塘荷锁心语。

戊子年春作于杭州湖滨。

醉花阴

庚寅三月,踏龙井古道,幽人空山,清雨香茗,词枕月露。

深院小庭竹影护,
古道幽人驻。
风月满荷塘,
落雁一坡、
碧雨茅家度。

曲溪把韵瀛台赋,
醉柳烟侬处。
莫道不还乡,
暮暮朝朝、
花瓣和心露。

南浦月

庚寅清明,仁和闲赋,醉白楼吟。

帘外翁桥,醉白烟柳桃花雾。
箐石苔处,踏碎清明露。

回望家山,碧落清风暮。
年少去,景光无数,梦锁堂前路。

小桃红

一夜清雨湖西凉,闲倚青舍望。
依旧年时断桥上,桃花舫。

红肥绿瘦春波荡,风和雁行,
轻舟渔唱,悠悠入柳浪。

庚寅年春作于杭州湖西翠竹园。

诉衷情令

灯斓帘卷夜无眠,冷月正孤悬。
元阳寅月时候,星若雨、凭栏边。

追往事,忆流年,梦如烟。
小楼今晚,人在跟前,景在云天。

己丑年元阳夜作于北京怡思苑。

永遇乐

冬宿山眠,寂辰空岭,清影迟暮。
月色江烟,波流永昼,雨洒钱塘路。
悠悠向晚,欲栖何处,莫道陌途无助。
望江南、归思怀远,小桥堤上凝露。

流年客旅,怜花繁瘦,岁去光阴一缕。
此有宵宵,累累吟袂,明月知几许。
想来今事,吾行千里,莫怨往昔又去。
往南雁,西楼点点,夜阑絮语。

癸巳年腊月十九日戌时作于北京溪翁庄。

诗

西岭春早

春风又度岁时开,烟柳枝梅也思怀。
北地令辰何欲晚,鹤归常带白云来。
离人不除庭前草,西岭他山作镜台。
数笔横峰阴渐密,御栏仍有客徘徊。

戊戌年正月初十日京西林语山庄作。

春到江南

和风昨夜到三台,堤上桃花想已开。
此客他乡看不得,年年西岭望南陔。
一湖烟雨春江水,触景谁能不落怀。
应羡无愁云里雁,枝头南北去还来。

戊戌年正月十二日于西山。

上元日

又忆西湖落雨时,清波莫问柳莺知。
小楼一夜人千里,每到春来听子规。
此绪皆因乡客有,旁人不必解端倪。
愁怀总在分离后,江坞蒙蒙是我思。

戊戌年上元日于西山林语山庄。

春朝

山后盈盈水,庭前郁郁春。
撷来花一束,寄与故乡人。

戊戌年杏月作于西山林语山庄。

甲子吟怀

西湖一别思纷纷,豆蔻华年十五春。
莫怨去时无觅处,六桥堤上有栖痕。
多劳南雁乡音送,甲子盈虚不负君。
西岭山前莺百啭,声声是我故园心。

戊戌年正月十八日于北京西山林语山庄,时年六十,逢一甲子。

江南烟雨

去岁无冬雪,年时及递加。
蒙蒙春已到,浅浅一山芽。
举目庭前望,小桃未着花。
江春南国雨,何日落京华。

戊戌年正月十九日林语山庄作。是年冬京城百日无雨。

江儿水

江水悠悠江水流,望江楼上望江愁。
钱塘一别人千里,四十余年在客州。
隔岸蒙蒙侵晓色,连波淼淼雨烟稠。
堤边花底参差影,月下沙间不系舟。

戊戌年正月二十又五日于西山。

春望

冬令方辞去,春风已过江。
心随南雁徙,人泊在何方。
天色初含霁,青云拂彼苍。
但应归有日,不敢望家乡。

戊戌年正月二十八日于西山。

清明思故人

春雨湿云轩,鸲啼碧宇间。
响林惊夜梦,恐有故人还。
晓色依山出,江声过岭南。
故人来望我,相见几多看。

戊戌年清明西山作。

初夏

芦塘花季了,点点浮萍小。
水面静无波,蛙鸣堤上早。
彼公何所呼,恐把池菱找。
此事总朦胧,黄昏看到老。

戊戌年夏日作于西山。

初伏雨后吟

阴浓夏日长,清影入荷塘。
蝉噪时难暮,如心莫着慌。
边堤闲坐久,尚可度伏苍。
松雨飘山后,辰光绿树藏。

戊戌年六月初五日初伏作于西山。

听蝉

水面风清露冷时,山阴木叶落花池。
忽闻柳下蝉声咽,恐是因秋感思啼。
不为旧颜憔悴甚,个中深意彼人知。
空林草湿黄昏雨,西岭楼头日见稀。

戊戌年秋作于北京西山。

月下

浅坞芦花白,深塘蒲草凉。
飞鸿山外没,宿鸟暮云藏。
日夕黄昏早,秋宵正渐长。
水天遥一色,月下此心伤。

戊戌年秋月于北京西山。

戊戌白露

池上葭波重,山间夕雾深。
峰林低向后,北斗宿商申。
此意何怜物,皆因草木心。
寒秋飞越鸟,晚日客中人。
久别乡如昨,忽焉甲子今。
青阳秋抄除,光景一分尘。

戊戌年白露北京西山作。

窗外

窗外林微白,廊前鸟疾飞。
秋高正八五,商野落花时。
漠漠西山月,森森岭已稀。
澄华天宇过,此意几相随。

戊戌年秋月作于北京西山。

西山秋夜思

静夜秋声响,枫林月色浓。
心驰劳远意,客地欲何从。
岁岁江南岸,相思暮雨中。
蒲风抚袖底,人缱陌花空。

戊戌年八月初一日西山作。

西湖月

雾气侵凉牖,山云拂霭林。
霜堤葭草重,坞水夕烟阴。
一棹西湖月,三秋北客心。
杭城莺柳陌,少别两厢分。

戊戌年八月初六日西山林语山庄作。

戊戌中秋

故人今在北,回首望江南。
千里钱塘路,西堤月色涵。
烟亭霜草湿,晓梦暮云阑。
星宇归太华,枝头宿老蝉。

戊戌年八月十五日作于西山。

西岭后山宿望

暮色迟迟时已晚,辰光煦煦水云流。
江南一梦篱花乱,心事未曾离故州。
踏遍千山皆勿是,风儿夜夜吹悠悠。
何时再把梅花嗅,人在楼头又一秋。

戊戌年秋月作于西山。

嘱雁书

离离坡上草,正落后山丘。
寒宇侵高斗,霜辰过岭秋。
客行人候早,侧耳听啾啾。
欲问南归雁,何时到越州。

戊戌年八月寒露西山作。

客北漫思

南望长空鹤一群,秋来谁动意深深。
山阴送晚黄昏后,霜露含窗西岭闻。
陌上疏红花欲落,篱前有菊叶横陈。
岚烟缕缕今宵夜,月满苍穹已十分。

戊戌年九月十五日霜降西山作。

归心

江南花未歇,江北客凭仍。
思落云天外,空高秋色明。
远行劳夕旦,乡事复晨更。
忽听莺声呖,归心不可宁。

戊戌年九月二十日西山作。

昨宵

堤边草未凋,江上眇滔滔。
碧水澄清景,汀花落晚潮。
几多心底事,何又挂眉梢。
此意云边起,皆因月下桥。
故人他不肯,暮暮复朝朝。
回望青山外,秋风送昨宵。

戊戌年秋月于西山。

新安江上

云日青山合,宇空烟景清。
楫舟行百里,练水绿波平。
渐至渔梁外,忽闻风水声。
江湾归柳岸,陌上见杭城。

戊戌年十月作于徽州。

练水:练江,新安江上游支流,位于徽州。
渔梁:渔梁坝,徽州古代水利工程。

远行

好似无凭弱柳轻,堤前叶落也心惊。
天边飘过云和雨,岁序纷纷昼与更。
霜气生寒江上水,小楼一夜泊秋风。
今宵欲问谁人晓,此客何时不远行。

戊戌年秋月作于西山。

陌上思

相思何时了,江南陌上花。
阴阴时入梦,朝夕向苍葭。
越水孤山鹤,梅边一点鸦。
柳波清浅处,故旧月中斜。

戊戌年冬月西山林语山庄作。

五台山东台顶临谒

晓上东台顶,晴看夜色除。
日衔寒宇出,天界六合无。
云渚浮瀛海,光昭入客舻。
冥冥犹可待,渺渺意何如。

丁酉年正月初一日登顶望怀。

早春

二月鸿蒙开早时,
小桃灼灼见花枝。
云头来雁有无有,
江上啼莺知不知。

丁酉年二月作于西山。

清明思故人

西岭春深已十分,
桃花落尽见江痕。
无边心绪无边柳,
谁在他乡思故人。

丁酉年三月初八日清明,父母周年祭,作于西山。

莺花

春过清明后,莺花落小窗。
莫非信使到,眼底久端详。
书有卿卿语,深春感暖阳。
客居千里外,乡息慰离肠。

丁酉年清明后十日作于西山林语山庄。

客山听雨

听雨冷泉南,悄悄湿客衫。
晓来轻似遣,向晚滴无边。
泊得三春日,尤怜谷雨天。
柳条扬绿绮,花萼一枝鲜。

丁酉年春西山听雨。

绿绮:古琴名。

春江

匆匆春已去,江水过瀛洲。
朝夕君相对,华年一棹收。
归蓬何复历,夜泊小窗秋。
乡思催人老,谁来解客愁。

丁酉年暮春西山作。

春辞

夜起堤边雨,云依淡淡舟。
何人思不寐,吹笛在江楼。
三月桃花暗,埠阴苇草稠。
一声离岸橹,点点向东流。

丁酉年暮春西山作。

西府花见

本是芬芳舍不同,闻香犹在有无中。
此花何与彼花别,一片西来一片东。
花季春宵多梦幻,软风夜夜吹烟红。
阡尘莫叹怜香客,愈是无香愈是浓。

丁酉年四月作于西山。

雨夜

山明草木深,
舟坞夜犹闻。
寂寂南来雨,
遥遥岭上人。

丁酉年四月初八日作于西山。

夏遣

燕岭晚来风满庭,更深昊雨漫长庚。
故人千里何时抵,往事于今不忍听。
旧日童孺皆已老,经年亲友几凋零。
江南同里如相见,应解钱塘不了情。

丁酉年四月二十二日于西山林语山庄。

小满日

庭前溪水响,泉淀掩清霞。
岭岫何相识,层云数岁差。
此心何念念,槐序日更加。
朱鸟知盈缺,西山隔绛纱。

丁酉年四月二十六日于西山林语山庄。

槐序:农历四月的代称。

夏思

竹枝摇曳响微微,舌鸟无声伯燕飞。
夏雨夜来长作客,三更不寐主人谁。
朱颜辞镜花辞木,六秩春秋归不归。
斯月斯年窗外望,小楼依旧晚风吹。

丁酉年夏月作于西山。

舌鸟:反舌鸟。其啼声数转,故名。反舌鸟无声是夏季的物候现象。

伯燕:伯劳和燕子。

六秩:六十年。一秩为十年。

西湖旧影

本是西湖一叶舟,生来无渡泊春秋。
波光云影非凡境,烟雨微茫水自流。
客北江南心念念,朝朝暮暮两厢痴。
涌金池畔人何在,六十年前乳臭时。

丁酉年夏月西山忆。

夏至日中

夏阳今北折,日晷复南回。
照影何无有,晴空一字晖。
山林吾舍隐,丘野笼阴微。
天地交时节,行深共此时。

丁酉年夏至西山作。

日中:午时。夏至,太阳直射北回归线后开始向南移动。夏至正午时北回归线地区出现"立竿无影"的自然景象。夏至阴生,为交时,与天地合其序。

丁酉小暑后一日

晨起山前坐,相看景物幽。
湿云归远树,梅雨一宵收。
天宇藏寒暑,温泠亦复流。
经年曾可忆,不解故人愁。

丁酉年六月作于西山。

蛙声

何人昨夜听蛙鸣,月下灯花相与聆。
苇草阴阴藏履屐,小塘浅浅子时仍。
岭风吹湿堤边雨,溪水无眠落应声。
眸眼微蒙吟不觉,晓来天已几分明。

丁酉年六月作于西山。

夏夜

客地一湖凉,菱花隔岸香。
蝉鸣舟坞静,鸟宿绿塘旁。
葭动凭栏意,云浮夜未央。
痴人何念念,泪落在他乡。

丁酉年六月二十三日作于西山。

处暑

残暑息微炎伏首,居方欲辩更三宿。
小楼昨夜雨除空,始觉新凉昏旦后。
叶底犹怜暮照余,秋风吹老人依旧。
宇苍云徙总难留,不忍飞花销永昼。

丁酉年处暑时分作于西山林语山庄。

菱花

水上菱花难舍枝,欲分欲解总相思。
生无振振双飞翼,心有痴痴梦里谁。
岸柳堤花皆晓得,何人昨夜倚烟池。
久居燕北伤离别,一若如初去客时。

丁酉年岁夏西山作。

故地梅子绿

故地梅子绿,谁人不堪眠。
孤亭鹤云往,去到钱塘湾。
时值濡雨日,南行亦不还。
荷风湿晓岸,莲叶拂楼前。
西堤一湖烟,百里笼青莲。
此地令我念,别来已多年。
阴阴月中天,涟波正转旋。
良夜久凭栏,梦倚断桥边。
小荷莫笑我,泪目如珠帘。
北南各西东,天海也相连。
于今西岭上,泊远故乡牵。
脉脉俱往矣,涓涓若流泉。
日夕复永昼,都作思千千。

丁酉年夏月西山作。

丁酉立秋

廊前篱菊花虽美,回望长空易得愁。
雁阵南飞天有字,是谁伫立读三秋。
凝珠当若西湖水,怎奈如今剩埠头。
晓月露葭生眷意,离人今夜在他州。

丁酉年立秋作于京西林语山庄。

夕梦

何怜昆玉河边草,别有小楼眠里藏。
过往烟波收目底,因之且忆久徜徉。
秋来斗转向长夜,泪眼蒙蒙到故乡。
或恐天明宵梦醒,故垂帘竹枕西窗。

丁酉年岁秋作于京西林语山庄。

秋庭

窗外芦花苇草齐,霜林疏木岭边堤。
小楼昔日桡舟地,今作篱蓬且隐栖。
池上蟾蜍相看老,庭前归雁别云泥。
珠帘又卷梧桐雨,谁送秋黄月影移。

林语山庄作,时丁酉年秋月。

丁酉秋怀

花叶花枝落瘦栏,小桃仍在白堤边。
秋帘隔水愁烟起,月牖张琴与指尖。
江北岭中今夜客,江南陌上故人怜。
波光照影他乡老,一别东风又一年。

丁酉年秋月作于西山。

遣思

秋雨庭前过,江风晚拂窗。
有吟犹似遣,此思藉何厢。
霜白侵离草,乡人在远方。
经年回首短,杪岁望时长。

丁酉年秋月作于西山。

秋意

又见霜华湿玉钩,小窗愁满起高丘。
落红似遣东流水,枝叶当笺作碧舟。
怀绪篱栏修远意,故园明月正当头。
烟波拍岸飞花处,应载家乡一个秋。

丁酉年深秋作于西山。

落梦人

谁解钱塘不惑君,望江楼上故园心。
三秋凭棹宵宵过,六秩飞花日日痕。
每见归鸿怀思缈,吴钩晓月载离魂。
杭城一别孤山远,从此他乡落梦人。

西山秋宿记梦怀,时丁酉年八月二十七日。

茱萸节

艾子为谁香,秋来扰夕窗。
此怀逢暮节,远意漫宸苍。
莫问茱萸草,江南是故乡。
出生吴越地,久别在何方。

丁酉年九月九日作于西山。

茱萸节:重阳节。因佩茱萸风俗称之。
茱萸:又名艾子,吴地为最,故有吴茱萸之称。

霜日

江北江南蓼草红,小桥仍在碧波东。
长吟别后离人意,何故痴情若此浓。
月下花容能几许,此生或恐在途中。
那年湖上秋风吹,愁煞蓬舟一棹空。

丁酉年九月初四霜降日西山作。

丁酉秋暮

江上秋声起,平湖绿水边。
斯人生此地,今别在何年。
六秩栖山宿,推窗望故园。
三台相印月,往事不如烟。

丁酉年立冬前五日作于西山。

西岭远眺

千里钱塘月绕廊,堤花亭菊见橙黄。
江楼常伴东流水,云阁书笺费思行。
南雁飞鸿来复去,那人仍在远山旁。
霜天意廓空寥处,不尽此怀念念长。

丁酉年菊月作于西山。

秋怀

乡客本多愁,余怀不得休。
夜来谁与语,北地倚江楼。
惆怅心头绕,辰时正暮秋。
那厢无故老,回首湿双眸。

丁酉年九月十四日西山作。

立冬午时

雾里生寒夜有霜,秋风吹进岭前窗。
山阴云入枫林白,溪岸雁飞葭草黄。
相对莫因伤别绪,朦胧泪眼意如何。
归鸿此去无多日,今夜仍吟昨夜歌。

丁酉年九月十九日立冬午时西山作。

寒衣节

天寒无旧好,严节有来宾。
落落三秋客,迢迢一暮云。
家乡虽远去,有此故人君。
桐叶芦花里,长吟吴越音。

丁酉年十月初一日寒衣节于西山。

冬日歌

西湖无寂寞,夕夕故人歌。
歌起心坞里,吟哦落思多。
微阳初雪日,逝水送秋波。
不问江南客,今宵意若何。

丁酉年十月初三日午时于西山。

小雪前夕

夜色寻常闻滴露,月娥岂是不婵娟。
今虽未到明宵半,不胜寒更小雪前。
愁煞西湖吴越女,他乡夕夕思江南。
故园若有蓬舟在,归客何时落远帆。

丁酉年十月初四日戌时于西山。

冬有思

莫问婵娟客,此情浓不浓。
江南隔水岸,故地过山空。
唯有钱塘雁,年年往复中。
远怀随云遣,夜色正消冬。

丁酉年十月初六日于西山。

冷泉候雪

岭上柯疑飞雪迟,堤边柳觉朔风移。
云头徙雁无踪影,不忍霜花落鬓丝。
十月寒更宵复旦,江楼长忆断桥西。
此君今在蓬窗北,甲子行将候几时。

丁酉年十月小雪作于西山。

下元吟晚

是日下元冬,疏窗望若空。
旅人千里思,她在远行中。
暮色侵寒早,别情泊晚桐。
岫云归岭后,缥缈过苍穹。

丁酉年十月十五下元日西山宿,见窗外萧萧有怀。

昨宵

山也萧萧水也萧,繁花落尽是江皋。
明朝更有钱塘梦,知在平湖第几桥。
云雨留连栖何处,峦川缱绻隔岭遥。
西堤谁扫归乡路,楼外楼前问昨宵。

丁酉年十月十七日西山吟怀。

客北怀远

冬日忽闻竹笛吟,江天一曲动沉阴。
岭风不忍云帘隔,传得乡音与客心。
明月有情知此意,小窗无寐泊村深。
别来愁里添如许,亭水楼台思到今。

丁酉年十月十八日西山作。

大雪

大雪因风起,壬辰不胜寒。
上冬何复历,静待去春还。
岭外无消息,窗前有别颜。
星河垂宇后,乡梦落江湾。

丁酉年十月二十日大雪作于西山。

子月寄远

池上残荷莫感伤,门前萧色也徜徉。
多情只为西湖月,一夕烟堤在远方。
乡路离离东去水,鹤亭渺渺正微茫。
孤山不见孤山客,楼外楼前有雁行。

丁酉年十一月初一日见西山池上残荷有感。

江天

遣思燕山外,蒙蒙绿水间。
何人怀眷意,辰宇动岚烟。
云落堤边雨,霞飞岭上轩。
飘飘无定所,夕夕在江天。

丁酉年子月十一日作于林语山庄。

旦日

岭后峰头日渐西,太舟坞里暮更堤。
燕门不锁钱江水,一夜潺湲落客池。
万籁悄然何去去,别云别雾或归溪。
但闻江上涛声起,此意多应岁旦时。

丁酉年子月十五旦日(阳历元旦)作于西山林语山庄。

寒日

小寒西岭日,云宇两昏昏。
山隔南归路,人行北地村。
尘烟侵冷色,葭坞有栖痕。
初雪谁家落,斜阳掩故门。

丁酉年十一月十九日小寒西山作。

子月怀思

冬夜思无由,冥冥北水流。
别乡时已久,最念是杭州。
日复光阴挪,君怀不得休。
离年知几许,独自鬓霜收。
三九寒宵路,南山柳巷头。
天边星斗转,地上有人愁。

丁酉年子月二十三日西山作。

岁暮

西山横在小窗前,也傍昆河日影偏。
晴宇云天怀若水,林中寒鸟空鸣烟。
人随晓色年年过,月到君边月到轩。
星汉寥寥宵与共,年时已觉岁阑珊。

丁酉年冬月作于林语山庄。

西岭望梅

梅开千树红,梅落万枝空。
唯有清香在,江南故地东。
嗟夫怜此意,慰我到舟蓬。
肯与寒窗守,宵宵觉不同。

丁酉年十二月初一日西山作。

夕冬

光影恐难驻,故园无旧容。
华年一别后,春夏复匆匆。
如客居千里,依云第几重。
寒宵更不已,此夕思怀同。

丁酉年大寒后五日西山宿。

立春

阳和启蛰见春芽,触景谁能不思家。
蒲草新发青点点,柔风轻拂意尤加。
窗前江北青山好,更待江南堤上花。
影过东墙行晓旦,应知尚有日时差。

丁酉年十二月十九日立春西山作。

春归

钱塘未掩扉,待我故乡回。
堤上冬犹去,莺儿正羽飞。
蓬舟何寂寂,老棹远依依。
滴滴春江水,离人归不归。

丁酉年立春后五日西山林语山庄作。

美阳

美山美水正秋黄,欲叩佛门到帝乡。
古塔斜阳秦汉柳,西风庭树雁啼霜。
夕云片片飞重宇,峰岭晖晖卧际苍。
驿道边亭藏晓色,周原渭草塞茫茫。

丙申年作于美阳。

美阳:陕西省宝鸡市扶风县法门镇美阳村。
美山:美阳北部山脉。
美水:美阳河。
佛门:法门寺。
古塔:法门寺塔。美阳村法门寺地区古称美亭。
"亭":秦汉时基层行政单位。十里一亭,十亭一乡。

忆江南

南屏筝曲湿青衫,故地依稀二月天。
净鼓声声敲夜半,一支塔影忆江南。
桃花闲数堤含夕,几度斜阳照故园。
莫问雁来湖上早,画船红妆等谁还。

丙申年春二月作。

南屏:曲名《南屏晚钟》。
净鼓:杭州净寺钟鼓。

日坛春望

依稀御道东,煦煦日坛中。
老树生新绿,初阳照碧重。
朱栏藏古色,檐鸟过庐穹。
或恐隔云望,光阴也动容。

丙申年春月作。

荷

一叶池荷月下逢,
小风摇曳动离情。
思怀千里钱塘路,
常忆儿时老棹声。

丙申年夏作于西山。

冷泉亭下

夏日炎炎夜半分,冷泉亭下水吟吟。
晴窗坐待西山月,苇草离离漫客心。
池上堤风销夜夜,晓帘钩转影深深。
南来雁羽知如许,独听江潮隔岭闻。

丙申年夏作于西山。

听雁

云外青青草色烟,堤边啼雁旧庭前。
黄昏到晚声相应,此去篱园只影单。
黛瓦廊檐栖几许,小桥亭水送钩帘。
堂前月下今宵半,一缕秋霜落岭山。

丙申年夏作于西山。

云溪赋怀

堤上小桥湖水绿,碧桃千树落花红。
闲屐踏径早行客,卧向云溪晚钓翁。
日暝微微人近月,夕阳吹送故乡风。
依山依水多情柳,那影迢迢燕岭中。

丙申年夏作于溪翁庄。

夏日

夜雨初晴蛙鼓鸣,池荷堤柳夏花庭。
帝城朱榭何销思,江北江南两地更。
隔岭层峰思叠叠,一湖烟水想泠泠。
小楼帘影归乡梦,依旧蓬舟一棹情。

　　　　　　丙申年荷月小暑作于西山。

秋月

岭上萧萧岭上风,
竹荫桐影落西庭。
夜更常向山前望,
疑见平湖秋月明。

　　　　　　丙申年秋月作。

秋日看花

年年岁岁乡间客,秋菊春花各不同。
莫怨疏枝人寂寂,篱园小径见枯荣。
芳菲夕送吟留别,堂树梢头第几重。
秋日也闻香袅袅,隔云还有后庭峰。

丙申年秋月作。

昊雨

夜来侵昊雨,霭雾布云空。
峦树知凉意,蔚林落晚容。
老蝉鸣欲静,旅雁眷春桐。
谁在西楼上,临风思故囱。

丙申年六月作于西山。

九殇

瑟瑟激风起,萧萧欲始霜。
露凝花木重,雁旅宇天商。
西岭山前影,蜩鸣月下窗。
促促声未尽,已断九秋肠。

丙申年九月于北京西山林语山庄。

暝

丹鸟惊窗过岭西,斜阳分野日犹澌。
老蝉夜半啼声碎,去雁南飞叶落时。
露草侵寒寒切切,秋风鸣树树迟迟。
隔帘默望山前月,疏影霜柯别梦随。

丙申年八月十九日别老父于北京西山温泉。

秋望

一岭横空隐岫云,小园郊外远离群。
芳菲野草藏曲径,楠竹宵宵卷月门。
旅雁枝头啼去去,声声唤我是吴音。
秋风不过江南岸,江北年年倚故人。

丙申年八月初九日西山即望。

南雁

梦里扬花秋水遥,
长天雁阵向南巢。
云堤一树西湖柳,
谁在栏边吟断桥。

丙申年八月十二日西山作。

夜思

秋风秋雨过窗轩,素野山遥燕影单。
夜思东吴伤辞别,一根信羽落江边。
清波门外遥遥柳,晓月泠桥寂寂莲。
千里今宵谁唤客,堤花隔水意潺潺。

丙申年九月十一日西山作。

秋怀

日暮萧萧节,云窗阆苑依。
苍阴浮远影,廓野落红稀。
北岭宵霜白,荻花惜彼堤。
心随南雁往,人在御庭西。

丙申年十月十八日作于西山。

窗外

都城今日蔽,苍际雾霾深。
街贾稀临客,鲜闻鸟雀音。
凭窗空宇望,山览也揪心。
暮野栖霜白,泉村宿路人。
杪风寒履及,疏岭亦归真。
六秩行开已,辰光泊太阴。

丙申年十一月初四日西山宿怀。

冷泉烹炉

柯云时有若,百鸟去无踪。
霜木烟村白,烹炉一点红。
泊山多梦饮,溪水逝犹同。
大雪壬宵夜,七星北斗中。
乾庭今岁数,坤复潜玄冬。
未见天来客,岭接宇帘空。

丙申年十一月初九大雪于西山冷泉村。

望月

夜栖西岭冬山后,常听江南老棹声。
思我柳桥都不见,何人居客在燕城。
经年每忆家乡水,夕夕依窗月影呈。
同里近来安好否,隔江相望几相逢。

丙申年冬月西山作。

冬至有霾

寒苍起墨云,冷冷笼霾阴。
草木皆凋歇,申宵一岁临。
气玄无所定,数九古来今。
天地何萧蔽,风声尚可闻。

丙申年十一月西山作。

岁晚

银河终岁望,
归雁始天边。
云宇宵约晚,
苍梧何以堪。

丙申年岁暮西山作。

西湖归晚

盈盈西子水烟蓝,云鹤乘风踏故园。
锦带桥边相默坐,涟波月下对江天。
山光湖色青衣染,一点轻舟送我还。
莫怨桡公行已晚,钱塘湾里落归船。
辰寒不觉梅坞梦,欲解闲愁葛岭前。
湖上笛声声醉软,吴音拂拂有私言。

丙申年十一月二十八作于杭州。

夕影亭

画帘湖上水莹莹,堤柳扶疏别样情。
我望梅花梅望我,依稀莫辨是杭城。
清波门外摇清浅,且荡湖山叠翠屏。
一抹斜阳留夕影,半亭烟水半亭风。

丙申年十一月二十六作于杭州。

乡路

秋云江上过,乡路一归人。
莺柳曾相识,无言泪湿巾。
朝朝怜思意,夕夕到于今。
此去何时待,还须两地分。

丙申年十一月二十七作于杭州。

姚公埠

小镇阑桥泊埠头,细风细雨水东流。
桌山峰底霞云后,堤岸悠悠一系舟。
林静山庄人寂寂,惟闻墅雁作江愁。
波平潮落连天未,思忆无边在越州。

丙申年十一月二十七作于杭州。

姚公埠位于浙江省绍兴诸暨。
卓山:桌山汤,作者外婆家。
越州:绍兴古代为越国领地。

若耶溪

子末仲东向若耶,朗空碧廓雁行斜。
越中稽水今安在,目底溪流一鉴开。
岁暮堤含烟带暖,微风抚我过阴崖。
麻潭樵岘昔宵去,惟见平江绕郭来。
百里人家依晓畔,青峰篱岸掩蓑排。
轻舟约影黄昏后,别有笛声落镜台。

丙申年十一月作于杭州。

若耶溪位于浙江绍兴,现称平水江。

越中稽水:绍兴会稽一带古时为越国领地。

麻潭樵岘:若耶溪源自若耶山,山下有深潭。据《水经注》记载,称为"麻潭樵岘",后没入平水江水库。

故里即怀

故地南山脚,莺枝已久违。
春花初蕾别,秋叶染霜归。
莫是钱塘客,行揖欲问谁。
乡书江上载,念想月边随。

丙申年十一月二十八作于杭州。

花未眠

朝来惊看青枝上,一点山梅小萼红。
帛絮飘飘峰宇白,冬花开在玉鸾中。
京门苍野摇空碧,心有戚戚燕岭东。
焉得琼含昏旦早,晓风知我几相逢。

丙申年十一月三十作于北京西山。

南海临望

海角与天涯,涛涛浪叠斜。
寰瀛连碧阔,水色接苍华。
风正千帆过,际流逐岁差。
春潮终不尽,滚滚向南沙。

丙申年十二月初五日作于海南三亚。

元日

昨夜星参北,今朝岁建寅。
首阳迎早日,岭上见初昕。
晴岫藏林静,香峰出绿云。
宇帘眉柳展,惊醒小村晨。
京水轻波动,寒还陌色新。
风来闻消息,应是雁鸿音。

丁酉年正月初一西山晨曦。

元日:正月初一。

星参北:古人常用北斗星所指的方向确定一年中的不同时节。

建寅:古代历法用十二地支表示一年十二个月,建寅指夏历正月。

登五台山碧螺顶

五台环碧宇,山色影婆娑。
松径元阳照,峦烟出刹那。
埤檐飞鸟尽,旅展扰峨嵯。
俯瞰云遮处,佛门此地多。

丁酉年正月初一作于五台山。

过雁门关

塞上边关碧宇危,
重门险郭锁嵚崎。
不闻戎马鸣山隘,
唯有声声雁叫西。

丁酉年正月初二作于晋中。

立春

昨夜三更迟,春来始建时。
江河水已暖,鸣燕醒花枝。
堤拂青青柳,山明浅浅眉。
亭云谁共与,底事晓风知。

丁酉年正月初七立春作于西山。

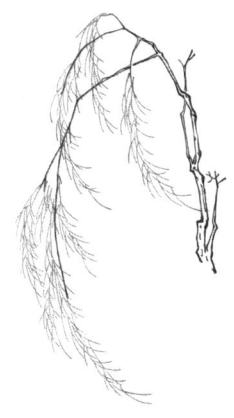

上元日

此夕天空悬合月,轩辕十四逐银河。
云边飞燕谁家落,岭上吹来子夜歌。
轩宇苍茫凝皓色,景光邀得意如何。
今宵十五团圆好,更有星辰千万颗。

丁酉年正月十五作于北京西山。

上元日:正月十五。

轩辕十四:即狮子座 α 星,西名 Regulus,主星是狮子座中最明亮的恒星。

长庚星

长庚出字明,熠熠若天灯。
邀我黄昏后,银河伴月更。
云流归太白,光影落轩庭。
私语何相应,今宵气象清。

丁酉年正月二十一日北京西山作。

长庚星:即金星,古称太白。金星在黄昏出现时称为长庚星。丁酉年正月二十一日黄昏日落十分,金星出现在晴朗的西南夜空。

春朝

暮雪晚飘飘,五更落宇消。
岫云浮太合,小萼出枝梢。
西岭风抚暖,轩窗鹊始巢。
光阴侵岁月,草木惜春朝。

丁酉年正月二十五日夜西山望雪。

西山春景

小桥堤岸望西东,绿柳杨花对面逢。
燕水清波浮倒影,缘何景致不相同。
竹篱瓜架温黄酒,海蟹山珍滋味浓。
月下鸿来因有梦,杏林斜出数枝重。
隔帘南雁穿云牗,雾里芳菲也动容。
几许朦胧怜美意,此言皆在有无中。

丁酉年春二月作于北京西山。

早春二月

二月正春风,枝头小萼惊。
杏花开碧落,北水带烟平。
西岭通幽径,云依翠竹青。
莺声何处起,呖呖耳中鸣。

丁酉年春二月作于北京西山。

惊蛰

坤宫今启蛰,九九欲寒消。
春露时方至,花枝又绿梢。
晓风来岭上,明月在江皋。
远意燕云外,青青千里遥。

丁酉年二月初八惊蛰日北京西山作。

惊蛰:又称启蛰。

鸧鹒

鹒叫一声春,空林响好音。
有鸣同与共,聆听也随人。
应是南来客,窗前落绿宸。
相逢皆故友,月下会山阴。

丁酉年春二月作于北京西山。

鸧鹒:黄鹂、黄莺。
山阴:北京西山后。

春分

二月春分到,西隅候节差。
山中人不晓,景色好清佳。
此有闲情客,相邀看日斜。
云亭三面坐,一面与桃花。

丁酉年二月二十三日春分作于北京西山。

西岭踏青

阳春开万象,丽日照澄明。
天地勤约访,何须叩扇铃。
芳菲林不寂,时有燕儿鸣。
莫待青枝老,花期宜早行。

丁酉年二月作于西山。

西堤春早

颐园二月春来早,绿水云山处处香。
枝上桃红花正艳,湖边伫立意茫茫。
西堤烟絮摇空影,碧宇苍苍鹤一行。
疑是苏堤浮眼底,吴风千里到身旁。

丁酉年二月作于颐和园昆明湖。

游昆明湖

湖上春光好,桃红扮晓妆。
云帘浮绿水,花底见流鸰。
彼岸知怜意,江南水一方。
每逢花信日,我会思家乡。

丁酉年二月作于颐和园昆明湖。

冷泉春望

上巳一村晨,云栖岭上春。
路逢余遇者,皆是异乡人。
山野侵红雨,林庭湿绿荫。
西窗谁自望,南北若相闻。
莫问花时许,清萝小萼吟。
花开如可听,花落亦惊心。

丁酉年三月三日于西山。

上巳:上巳节。

羽儿

燕子鸣飞绕字檐,
春回秋辞有思牵。
痴心不负主人意,
正月衔来故地笺。

乙未年正月初一日作于北京溪翁庄。

守岁人

雨水时闻小雪纷,昨宵夜遣入京门。
万家爆竹迎新乙,谁解他乡守岁人。
乍暖还寒潮白水,烟花繁瘦又三春。
心随西子南来雁,直向吴山到故宸。

乙未年雨水日作于北京溪翁庄。

甲午除夕

夜雪没村深,
云林九陌春。
晓来今岁除,
西岭送归人。

甲午年除夕作于北京西山。

春分

二月春分日,
山青昼夜明。
枝迎南北雁,
叶送往来风。

乙未年春分作于西山。

植竹

二月宵明后,云湿鸟羽惊。
空山依静谷,春色满层峰。
三五新篁树,晨时植院庭。
半分西岭地,从此立亭亭。
乐我南枝客,松间别样菁。
枝枝皆有景,叶叶可成屏。
日暮来春雨,滴滴草木声。
霏微烟影里,木舍一风清。

乙未年二月二十三日京西半山云居木墅种竹时作。

泊庐

水绕山环碧笼纱,
峰林烟树泊吾家。
小庐听雨清明夜,
早起庭前数杏花。

乙未年春半山居吟。

月下

枝上新篁叶上云,
呼朋邀客坐山昏。
夜来月下箫声起,
一缕清音淡淡春。

乙未年春夜遣兴。

春鸣

眉柳拂阑碧野和,仓庚鸣宇岭山歌。
青逵升震穿庭树,玄陆初明绕景坡。
池上蒹葭藏绿水,犹闻清晓唱吟何。
睡蛙萌动春来早,始叫芦塘浅浅波。

乙未年西山春晨听蛙。

仓庚:黄莺的别称。《诗经·国风·豳风·七月》曰:春日载阳,有鸣仓庚。

青逵:青色的道路。

玄陆:深黑色的大地。

莫高窟

此有千窟笼莫高,佛尊万座睡朝朝。
荒芜岂止纷纷雨,一片沙洲僧众邀。
客旅蜂拥侵古道,塞鹰掠空入晴霄。
日边归辙西行去,夕照云台响玉箫。

乙未年夏西行,作于敦煌。

春访和平寺

云微花岭秀,风暖草心香。
山寺栖孤燕,佛门净亦凉。
阶前藏黛色,檐下客徜徉。
闻比潭柘早,年轮入院墙。
区区三五字,驱步见厢房。
鸟宿风尘去,春深一片阳。
苍槐随岁古,华杏与庚长。
百里京城外,和平数雁行。

乙未年春作于北京花塔山。

暑日

夏风夏雨起庭澜,山径花飞鸟雀衔。
行向松林泊绿水,轩窗云幔碧罗衫。
蜩鸣日曜枝头暖,犹有高情唱九天。
影动晨昏人思远,一弯新月拂青帘。

　　　　乙未年西山夏日听蝉。

蜩:蝉。

山野来客

山间花杏正熟时，满树堆红不见楣。
昨夜无风犹自落，今晨谁在叫吱吱。
篱园小径闲庭步，蹑足听声在院池。
疑是松庐来贵客，半山同饮半山栖。

乙未年夏半山夜宿。

室韦夕照

夕照牧人归，边村草木隈。
界河波漾漾，行客月迟迟。

丁亥年秋于室韦。

室韦：位于内蒙古自治区最北，中俄边境。

界河：中俄界河额尔古纳河。

夏夜

皋月气腾云若盖,
时行潦雨谷风持。
勾托声度春江曲,
手抹筝弦月在池。

乙未年夏作于西山。

皋月:农历五月。

皋:沼泽,湿气重而为盛夏。

谷风:东风。

勾、托:古筝演奏指法。

春江曲:古筝曲《春江花月夜》。

过崖儿城

危城空谷立洲头,
域水清清入壁流。
故道残垣何寂寂,
烽云望断是西秋。

乙未年六月西行途中作。

崖儿城:位于新疆维吾尔自治区吐鲁番盆地,是古代西域军事要塞。因河水分流而下,将交河城所在地冲成一个河心洲,故称。亦名交河故城。

火焰山

火焰山头火焰红,
赤烟腾浪筑沙空。
炎风吹绝旅人路,
有道丹炉化诸翁。

乙未年六月西行途中作。

吐鲁番行

客旅天山外,西州六月天。
灼云烈似火,沙浪滚丹悬。
驿道边城远,炎风掠壁滩。
空高飞鸟绝,皑雪出峰巅。
坎坎依山回,迢迢淌井间。
日阳挥汗雨,暮宿炕凉眠。
洌洌甘泉水,沟沟碧膆连。
此来边地走,欲品果香甜。

乙未年六月西行途中作。

西州:今吐鲁番市。唐贞观十四年(640)灭曲氏高昌,以其地置西州。

坎:坎儿井,吐鲁番独特的一种地下水利工程,沿用至今。

鸣沙山

高丘崖顶见沙涛,
横垅八十背若刀。
徙足欲闻鸣域夏,
声如雷动响晴霄。

乙未年六月西行途中作。

鸣沙山:位于甘肃省敦煌市。

博斯腾湖

漠流尽日起湖烟,西海天山碧落连。
鸥鸟苍溟夕漫漫,绿滩苇岸待归船。
波光清影涛声响,千里沙洲夜不眠。
边籁依稀人近月,马蹄得得入云岚。

博斯腾湖:维吾尔语意为"绿洲",位于中国新疆维吾尔自治区焉耆盆地东南面博湖县境内,是中国最大的内陆淡水吞吐湖。

西山向晚

凉风习雨后,独向岭西行。
峰谷斜阳照,寒蝉四五声。
都城夕点点,平野晚犹晴。
阵影云山重,秋空雁羽轻。

乙未年立秋作于北京西山。

那拉提草原

白阳坡上走,牧野渐微茫。
峡水澄如练,银峦笼大苍。
塞云天际入,芳甸暮归羊。
高岭霄河汉,巢乾掠羽翔。
葱林凝露重,翠谷送清凉。
日逐西流水,星陲夜未央。

乙未年夏作于新疆维吾尔自治区伊犁新源。

那拉提草原:瓦剌蒙古语意为"绿色谷地",哈萨克语意为"白阳坡",位于新疆维吾尔自治区伊犁州新源县。

银峦:天山。

芳甸:那拉提系亚高山草甸。

羽:金雕。

开都河畔

日照天山紫气流,额峰高野织云裘。
香风禾草吹原客,皑雪峦巅碧玉浮。
甸水涓涓环玉带,曲弯至此九回头。
晒经岛畔通天路,欲取西行策不休。
焉马腾蹄驰琼宇,青云摇见是僧猴。
暮帘开未星河阔,却向巴州上月舟。

乙未年夏作于新疆维吾尔自治区巴音布鲁克。

开都河:位于新疆维吾尔自治区巴音郭楞蒙古自治州巴音布鲁克,有"九曲十八弯之称"。

晒经岛:《西游记》中唐僧西天取经途经的"晒经岛"就在开都河流域。

焉马:焉耆马,名马之一,因产于巴音郭楞蒙古自治州焉耆而得名。

塔克拉玛干行

大漠横空绝宇寰,塔河逐水向东南。
塞风吹没行人路,丘垄流沙起赤澜。
碧落枭鹰声渺渺,荒烟饮马草戋戋。
昆仑北望邀驼客,沙海长天走日圆。

乙未年夏作于新疆维吾尔自治区库尔勒。

塔克拉玛干:位于新疆维吾尔自治区塔里木盆地、昆仑山北,是中国最大的沙漠,也是世界第二大流动沙漠。

塔河:塔里木河,位于塔里木盆地北部,是中国最长的内陆河。

戋:少、细微。

赛里木湖

净水蓝天夏色盈,雪峰明暗半阴晴。
影浮波底连芳草,塞鸟依约点翠屏。
但见银峦云里隐,彼时人在镜中行。
举眸遥看千湖水,绝胜涟波此处清。

乙未年夏作于乌鲁木齐。

赛里木湖:又称净海,位于新疆维吾尔自治区博尔塔拉蒙古自治州博乐市境内北天山山脉中。

果子沟

走马伊犁谷,驱车果子沟。
穿峡千米险,依隘过咽喉。
俯仰观奇绝,云涯不胜收。
涧澜琼欲出,飞架贯虹流。
横纵天山北,穷巅桦树头。
峰回逾百里,岭转牧羊悠。
六月西行路,遥遥得自骝。
前方何处达,策马向博州。

乙未年夏作于博尔塔拉蒙古自治州。

果子沟:位于新疆维吾尔自治区伊犁。

隘:天山西部关隘,自古以险要著称,是伊犁的天然门户。

桦树头:果子沟绝顶处。

博州:新疆维吾尔自治区博尔塔拉蒙古自治州。

夜来香

夏夜一庭香,幽幽拂小窗。
莫言无客赏,寂寞又何妨。
不为红尘扰,悄然沐月光。
晓来羞闭日,暮饮欲梳妆。

乙未年夏北京西山作。

乙未中秋夜

月宇何羞羞,
云楣夜近秋。
菊汀风露早,
归雁向南收。

乙未年中秋北京西山作。

西山暮秋

秋到城西山外山,
云虚一字雁飞南。
吟风长作平湖夜,
听雨敲窗客不眠。

乙未年秋暮北京西山作。

莫日格勒河岸

空高地远少尘烟,云宇辰光正晓然。
金帐晴晖人近日,原风飞羽向岗山。
苍穹四野虚涵静,莫水长天碧玉连。
芳草不知莺已去,年年依旧唤青原。

　　　　　　丁亥年秋作于莫日格勒河畔。

　莫日格勒河:位于内蒙古自治区呼伦贝尔草原腹地。
　金帐:金帐汗敖包山。
　莫水:莫日格勒河水。

边地之边

秋月依三国,飞鸿掠宇罗。
高檐尽北末,边地岭婆娑。
界字残云入,江流涕泗沱。
望洋何兴叹,鸣雁一帆波。

丁亥年秋作于图们江畔。

边地之边:女真语,意防川,位于吉林省珲春市,是中、俄、朝三国界地。

高檐:防川望海阁。

岭:盘岭。

界字:防川中俄两国界标"土字牌"。

江流:界河图们江。

西递村色

空山云景西流水,
野径青苔不落尘。
石板老墙藏古色,
桃花巷里写书文。

丙戌年作于江西婺源。

西递村:位于安徽省黄山市黟县东部,取村中三条溪水东向西流之意。

妙峰山春晓

月过西峰夜未央,苍屏曲径久徜徉。
风中遥望山山景,云里玫花处处香。
鹊跃鸣枝衔绿萼,燕门踏翠泊流芳。
瑰天繁宇烟峦秀,饮得春宵岭一方。

癸巳年春作于北京城西妙峰山。

小雪日

山居不晓城中事,小雪时看玉宇开。
霰落篱门藏暮色,寒林斜影故人来。
小炉闲煮红袍叶,坐榻横窗倚岭斋。
远岫唯应冬意暖,琼花飞入照琴台。

乙未年冬西山作。

山门

山野本无门,云登携秀屿。
成名乃立扉,逶迤奇峰迟。
未识众人驱,苍岚驰影只。
乡童笑客痴,应乐殊途陟。
障目自营篱,迷迷循复此。
焉知竭思时,盖事皆同耳。

乙未年冬西山作。

重上凤凰岭

一山新竹入云天,下有龙池御水潺。
因识好风三四月,翠轩琼榭碧流间。
瑶林珠练幽篁宿,欲泊吴门萼半含。
凤矗柳莺鸣故里,溪亭小径湿阑干。

乙未年春作于杭州西湖凤凰岭。

岁更

今夜西峰宿,年深二九中。
寂林藏雪白,微径动松风。
草木生寒色,暮村日斜空。
栖栖峦上客,衮衮岁更冬。

乙未年十一月二十九日夜作于北京西山。

春景

郊野霏微拂月池,新辰犹觉鸟鸣啼。
碧空和景多佳日,绿水青青绕柳堤。
山廓惊萌闻鹊鸟,白河深处宿云溪。
小窗一夜南风起,已是春阳花杏时。

甲午年立春作于北京西山。

过唐古拉山口

千湖碧水千湖连,
万岭云巅万岭山。
八月雪飞原上走,
冥冥似有字人言。

辛卯年六月沿青藏铁路进藏途中。

雪牛

尔在雪山巅，
徜徉碧宇间。
风尘皆勿扰，
殊途走天边。

辛卯年七月作于拉萨赴林芝途中。

望珠峰

一幡缱绻上云端，
苍脊鸿蒙卧九天。
莫谓高寒寥落地，
无边风月在山巅。

甲午年七月于林芝。

锄云

碧宇藏青色,烟峦锁木庐。
锄云空境入,戴月夕庭除。
花杏篱红雨,和风竹影舒。
南来松下鸟,夜夜不停咕。
人在山约处,依稀有若无。
斜阳归晚照,且泊意何如。

甲午年二月作于京西童话山庄。

冬夜

是日辰时夜,轩窗玉宇空。
依楣举目望,北斗过苍穹。
山色随云回,江声入岭松。
浮沉寒露重,春月晚匆匆。

甲午年冬月作于北京西山。

芍陂

和春二月间,游勺寿阳边。
百里陂塘水,泱泱净兼天。
轻鸥浮晓岸,白鹭逐云帆。
万顷葱畴处,潺潺润麦川。
今人瞻楚相,祠立代相传。
自古安丰地,千秋是为先。

甲午年春作于安徽寿县。

芍陂:古音què bēi,今安丰塘,系中国古代四大水利工程之一,位于安徽省寿县。

春日

柳岸山蒙烟缕缕,溪前竹径雨丝丝。
小桥花影亭边入,波面涟漪识岭西。
春日芳堤随碧水,宵更千里旅人思。
我因有梦行吴越,故里相逢美景时。

甲午年三月作于京西溪翁庄。

春草

晨晓起微寒,屣徐到圃园。
赏间颇诧愕,花木气奄奄。
欲问何如此,连连道彼难。
寸菊观丈柏,沮丧未参天。
何不结葡果,老榆亦诉言。
紫薇眈月季,花杏羡桃岚。
一瓣新芽草,居隅陌上鲜。
山中幽幽立,默默不闻喧。
俯首把君闻,无言径陌间。
嗟夫皆顿悟,郁郁复盈欢。

甲午年三月作于京西山中。

谷雨

四月晨间谷雨天,
樱花莓露一城鲜。
枝头饮翠啼南鹊,
陌上珠帘起紫烟。

甲午年谷雨作于西山。

卜居

今宵四月甲年辰,暇赋山中徙水云。
郁郁涧松侵古道,木庐错落也随心。
小窗有雁啼栏外,竹影无喧静夜沉。
半树桃花馨陌野,一泓泉水醉重林。
暖风吹醒临家果,溪径徐行过后村。
苍岭横崖千景里,群峦问道昨于今。
应知波谷多悬壁,亦得兰台向杳冥。
三径萧疏临远境,耘餐露宿一闲人。

甲午年四月十二日作于京西山墅。

三径萧疏:指陶渊明当年辞官归隐山野,少有往来,门径荒芜冷清。

淮上

波上轻舟岸上柳,陌黄阡绿径飞花。
余行向皖门前客,寻到淮河是李家。
堤北堤南汀鹤晚,芸薹芸草绿笼纱。
不辞露蒹沾衣履,远岫依稀日已斜。

甲午年四月作于安徽淮南。

沧浪亭

夜雨姑苏晓色分,吾来此地已春深。
斯亭有思吟衰盛,碑石无声醒世人。
昔日雨烟楼榭里,荒芜终不入风尘。
悠悠六百年间事,沧水东流甲午春。

甲午年五月作于苏州江南社会学院。

书李君

烟庭有木华,山岭亦为家。
却忘凡尘客,焉知你我他。
苍庐藏陌野,殊色出云涯。
岁月留风景,流年一日斜。

甲午年春书夫君李于北京西山林语山庄。

桐花凤

一山非凤亦非仙,夜宿峨眉霭雾间。
黑首红衣藏指秀,花开羽动落无边。
衔桐彭蜀经寒露,欲笼云坡聚翠烟。
振翼何须朝暮暮,唯留空脆响流泉。

甲午年六月作于峨眉山下。

桐花凤:小鸟名。彭蜀有此鸟,如指大,五色俱,其冠似凤,因食桐花故称。花开即来,花落不知所向。

杜鹃

杜公本在蜀王衙,独领峨眉万树花。
非藉封侯尊帝意,桫椤化作鸟如差。
朝啼切切鸣千里,暮换声声过际崖。
苍麓稻菽晴亦好,且将美誉赋春华。

　　　　　　　　甲午年六月作于峨眉山下。

　　杜鹃:鸟名。据《华阳国志》记载,春秋时代蜀地王杜宇率蜀人发展农业生产,受到人民拥戴。死后化为杜鹃鸟,每年春季便在树上鸣啼,叫民众不要忘记农业生产。由于不停地啼叫,口滴鲜血染红了花,当地百姓便称此花为杜鹃花。还把杜鹃花、杜鹃鸟和杜宇的名字连在一起历代相传。

　　桫椤:桫椤鹃海,为峨眉山一大植物景观,气势辉煌。

离垢园

离园山寺晓寒轻,
秋色岚光渐照明。
林静鸟鸣行已远,
禅风习习拂云庭。

壬辰年六月作于成都。

离垢园:位于峨眉山,也称伏虎寺。

难老泉

一泉尽揽瓮山高,
难老长流晋水滔。
千古涓涓泽厚野,
龙泉应让此泉膏。

      壬辰年八月作于山西太原。

难老泉:位于山西晋祠。

瓮山:指悬瓮山。

过晋祠

映日桐花笼碧晴,沾衣片片过溪行。
澜桥难老飞时雨,晋水悬山一鉴明。
引凤苍梧鸣楚楚,紫楼瑞坊立婷婷。
秋风落叶萧萧下,道是无情却有情。

壬辰年八月作于太原。

澜桥:碧澜桥。

黄山北望

此山非岳耸苍穹,石怪松奇迥不同。
且向逍遥溪北望,人人都在海云中。
云山云海皆风景,忙煞尘间第几重。
佳境应知天海外,苍峦更有万千峰。

壬辰年五月作于黄山。

岱岳临远

玉顶孤高入月宫,万迭云海亦虚空。
日亭伫望天梯远,了悟红尘一点通。
莫谓凌寒极地冷,秦皇祭处已无踪。
千秋多少风流去,谁是江山万载公。

　　　　　　　　甲午年六月作于泰安。

岱岳:泰山。

玉顶:玉皇顶,泰山极顶。

日亭:观日亭,位于泰山玉皇顶。历代帝王对泰山尊崇备至。据载,公元前二一九年秦始皇曾登泰山封禅,今旧址无存。

武夷山

武夷圣地是仙邦,碧水丹山自九苍。
玉女大王携太老,清曲兰坞隐庵堂。
澄涵流翠修妆素,鸣玉飞琼蕴宇章。
遥见竹阑人静处,云松溪畔是吾乡。

　　　　甲午年季秋作于武夷山九曲。

武夷山:位于福建省南平地区,辖属松溪县祖墩乡系作者祖籍地。

登嘉峪关

登关临嶂走西疆,雄峙危楼瞰宇苍。
雁去云收环空阔,迤虹横卧向微茫。
百年大漠临怀远,唯有孤城锁峪梁。
寥塞孤墩皆莫问,一弯明月映斜阳。

丙戌年六月作于敦煌。

嘉峪关:位于甘肃河西走廊西部,万里长城西端第一雄关。

墩:万里长城自西向东第一座墩台。

领要亭

翠揽玉屏前,云栖岭树间。
岚烟随客袂,尘息静无边。
响谷流泉暖,莺啼入宇帘。
风尘犹领要,不肯付流年。

　　甲午年六月作于北京西山。

　　领要亭:位于北京西山大觉寺,因乾隆御题而得名。

玉门关怀古

玉道开峦幕,高城入碧空。
萧萧尘迹落,关宇寂寥中。
岁岁安能耳,应知有朔风。
前朝犹可鉴,西阙见苍穹。

己丑年九月作于玉门。

玉门关:位于甘肃省,是汉代通往西域的重要军事关隘和丝路交通要道,因西域玉石取道于此而得名。

访常住院

清晨入少林,秋日过山阴。
五乳峰幽处,禅庭古木深。
岚光飞鸟度,潭静影流新。
嵩麓西边听,犹闻万籁音。

己丑年九月作于嵩山下。

常住院:也称少林寺,坐落于中岳嵩山少室山阴茂密树林之中,有"禅宗祖庭"之誉。

过倒淌河

川水皆朝东海去,唯观此地向西流。
莫非应是涓涓泪,公主文成洒域洲。
多少离愁相倚恨,骣时回首已无留。
须知悲乐非红雨,任踏殊途是寂秋。
古道绵绵连大漠,西风漫漫过沙丘。
烟霞照影终无尽,伫看察汗逝水悠。

辛卯年七月作于西宁。

倒淌河:位于青海省。发源于日月山西麓察汗草原,海拔约3300米,全长约40公里,自东向西流入青海湖,因此而得名。当地有一个动人的传说:当年文成公主从日月山顶换轿乘马车西进至山下,回头遥望,高高的日月山挡住了视线,不禁悲痛万分。公主挥泪西进,泪水汇成河流随之向西流淌。人们都说倒淌河是公主的眼泪汇成的。

骣:换乘马车。

察汗:察汗草原。

春憩梅家坞

和风归故里,夜憩宿梅家。
晓浸山前雨,春分石上蛙。
乡人何所隐,霭岭采茗茶。
草木藏溪径,莺啼入碧芽。
穿林寻古道,又见旧时花。
闲倚层峰外,云间一岁差。

甲午年春分作于杭州梅家坞。

甲午秋日

郊野寒微风拂柳,枝头红叶没尘流。
山中落照林中鸟,更取城西泊绿畴。
草木苍苍知我意,蒹葭浩浩也无由。
小楼犹在斜阳外,秋水良宵一月钩。

甲午年八月初九日作于西山。

登玉龙雪山

凌云一雪峰,寻觅有无中。
高处人何往,临登问九公。
晓晴新雨后,晨踏径犹空。
百米天梯路,危危欲断鸿。
层霄浮塞壑,倚峭过峦重。
虚谷涛声静,岚烟玉宇穹。
奇岩藏扇陡,崖际见冰锋。
飘渺连风月,旗云逐碧冲。
谁移千岭雪,边地缚苍龙。
且向群山望,遥看此不同。

丙戌年五月作于昆明。

玉龙雪山:位于云南省。
扇陡:扇子陡,玉龙雪山的主峰。
旗云:玉龙雪山因终年积雪所产生的湿气加低温,山上云烟环绕,气象万千,故称。

中秋寄女

西山夜半楼台望,月到盈时欲转廊。
岭色溶溶浮碧野,银光皎皎扮秋妆。
空悬一缕照窗牖,飞雁随云去哪厢。
非是往年怜此夕,二千里外落思长。

甲午年八月十五日寄语女儿屹子于北京西山林语山庄。

秋分

桂月秋分雨后凉,
枫林侵野响庭廊。
小楼烛剪西山夜,
一任窗花遍地黄。

甲午秋分作于西山。

登北岳恒山

北走蜿蜒过岭川,临虚阵阵望空寒。
崖锋峭陡岚烟绕,壁隐屏回日月环。
策杖攀援依太老,松风柏柱径阑珊。
两行秋雁飞峦宇,一字鸣天绝塞关。
悬目陌阡如井底,忽无忽有白云缠。
客行五岳谁为最,或恐登高恒岭先。

甲午年九月作于山西大同。

北岳恒山:位于山西省。

恒岭:恒山主峰天峰岭,海拔 2016.8 米,为五岳之最。

抵拉萨

七月融融北斗斜,
阳城邀我去藏家。
腾云驾雾千山过,
万里高原一日达。

辛卯年七月初六日作于拉萨。

悬空寺

一寺凌霄壁上看,空悬疑是卧苍天。
危岩深谷涛声绝,影落横崖岭阙寒。
曾是道人居此地,半山栖饮炼心丹。
檐梁朱殿今犹在,鹤鸟高飞已不还。
孤栈莲梯存字外,人来人往步烟栏。
琼楼虚境空无有,他寺非及此寺仙。

　　　　　　　　　　甲午年秋作于大同。

悬空寺:位于山西省。

云冈石窟

云冈梵宇耸苍霄,五万佛尊百洞昭。
伫望古来三窟地,一山更比一山高。
江湖万里江湖梦,历代君王尽折腰。
多少兴衰今古事,唯留窟像笑朝朝。

甲午年秋作于大同。

云冈石窟:位于山西省,建于北魏王朝。
三窟:云冈石窟与龙门石窟、敦煌莫高窟。

过桑干河

九九雁门关外走,秋风侵塞岭横州。
金川有露晴方好,点点红妆叠碧丘。
桑水潺潺盈广漠,粟花千里簇云稠。
今朝古朔昔非比,百里桑干人不愁。

甲午年秋九月初九日于大同回京途中经桑干河。

桑干河:源于山西朔州,流经山阴、应县、怀仁、大同入河北省。据载,古时每年桑葚熟时,河水干涸,故称。古来桑干河是一条伤心的河,有"关外不桑麻"之说。

商丘春早

甲午晓霜辰,潮平入早春。
驱车京豫皖,景色渐犹新。
行至商城外,停留访古今。
六朝衙府地,帝脉不虚闻。
楼阙旌旗舞,城郭耸迤云。
铺陈喧古道,集市正欣欣。
路见伊贤相,相看或是真。
谁知京陌外,千里遇族人。

甲午年二月从安徽淮南至郑州途经商丘。

商朝建商丘为都,时有伊尹被誉为中国第一贤相。

庐山云雾

密密层层来复去,虚虚实实有烟稠。
山中云雾山中鸟,欲解迷津岭上头。
雾想霓裳云想锦,和云伴雾一峰收。
云山雾海无终了,此若长将岁自流。

甲午年初冬作。

西岭泊远

西岭涛声远,光瑶木叶金。
梢云随雁去,响谷听江音。
松间喃喃语,依依似客心。
萧萧秋色晚,苇草入村深。

甲午年秋作于北京西山冷泉。

花见

春赏小桃徙野间,穿云披锦走烟岚。
桃腮桃面山头艳,红也闻香绿也鲜。
枝上花开非果腹,琼瑶风吹几分颜。
焉知往古骑驴达,倚背闲敲二月天。

甲午年春作于北京西山。

水灵榭

一榭风情过绿洲,灵山灵水碧空流。
莫言花落伤春逝,鸟自啁啾萼自休。
昨夜繁花今夜梦,良宵美景总难留。
红楼香岭怜人意,燕魄花魂藉夏秋。

水灵榭:位于北京西山白家疃。因依水灵山而得名。曹雪芹《红楼梦》第八十一回实景地。

寄外孙女

十月桂花鲜,浈江武水边。
雁鸣心似缱,馨雨落山前。
佳日更何待,凌波舞欲先。
良辰朝九日,碧宇载韶年。

甲午年十月初一日作于韶关。

是日九时十五分外孙女恬恬在广东韶关出生。

西临华山

古来西岳不虚传,峋绝奇观数华山。
落雁莲花藏宇外,三峰鼎峙耸晴岚。
危岩陡瑟悬天肃,千尺幢峡色正寒。
伫望西阳长嗟叹,爱山人已入云端。

甲午年秋作于华山。

西岳华山位于陕西省。华山有落雁、莲花和朝阳三峰,分别为南峰、西峰和东峰,被誉为"天外三峰"。华山峭壁绝崖上有千尺幢和百尺峡。

大雪

大雪今宵至,春天已远游。
溪庄晓色静,村陌少人流。
谁把云帘卷,迢迢一思愁。
客居千里外,归日晚悠悠。

甲午年大雪日作于北京溪翁庄。

壮悔堂

归德府里见微芒,凋柱门楼思域香。
啼雁不知人事改,低吟依旧久彷徨。
感时花泪殇君恨,去日烦忧几断肠。
一夜潇潇都已逝,桃花扇曲绕空堂。

甲午年春作。

壮悔堂即侯方域故居,位于河南省商丘古城。侯方域,清代散文三大家之一。在文学史上占有重要地位。侯方域与李香君的爱情故事被清代戏剧家孔尚任写入名剧《桃花扇》流传至今。商丘城古称归德府。

白家滩

秋入白家滩,霜微草木阑。
烟村疏人径,燕鸟过云还。
枫叶山花漫,柏枝玉竹闲。
曹公栖梦地,无处不绵缠。
三炷香萦绕,空空庙已残。
卧佛藏幻境,烟里有高轩。
泊远苍寥寂,潮平月色环。
贤王祠也傍,忧枕筑怡园。
往迹今仍在,村西谷字间。
野尘飞静陌,溪水已枯干。
石沉二方底,悠悠岁月埋。
茅屋秋雨后,风月草庭前。
暮旦随云迥,萧萧五更年。
君怀松月事,可见岭中岚。

甲午年秋作于北京西山。

白家滩又名白家疃,位于北京西山。曹雪芹晚年徙居白家滩,潜心修改《红楼梦》,度过了生命的最后五年。

三炷香:山名,西山最高处。近可俯瞰香山,远可遥望京都城郭。空空庙:龙王庙,曹公晚年在此为民治病。此庙与《红楼梦》开篇"空空道人"有关,现已不存。卧佛寺:位于北京植物园,是《红楼梦》"太虚幻境"的原型。贤王祠:即贤亲王允祥祠。

闻啼

山野风犹静,
莺啼破早寒。
霜林晞似霰,
吟对鹊枝喧。

甲午年冬作于北京西山。

望梅

冬日朝朝暮复宵,寒余草木空沉寥。
轩窗岚月山前树,尚有梅枝挂碧瑶。
我望梅枝梅望我,放楫千里寄梅梢。
梅妻鹤子今何在,且听清音响六桥。

甲午年冬作于北京西山林语山庄。

过林芝

苍苍宇野间,漠漠雪中莲。
一日春冬见,河山不境迁。
白云侵芽草,绿水映花鲜。
碧落飞鸿影,云杉入画帘。
原风扶醉客,疑是过江南。
江上晨昏晓,林中静谷蓝。

甲午年夏作于西藏林芝。

林芝:位于西藏自治区,有"西藏江南"之称。
碧落:天空。
江:雅鲁藏布江。

三峡行

高峡壑谷间,天地一江牵。
人泊云岚徙,舟行月下眠。
欲穿巴蜀水,还眺万重山。
晴响千帆远,随流过百川。

丙戌年秋作。

乡村行远

行色匆匆向远方,柔肠寸断别家乡。
老巢耄稚年年盼,只为儿孙一片阳。
千里子行行已远,夜来孰不泪成行。
他乡日久生归意,身不安居饭不香。
岁岁乡愁何处泊,不知今夜在何厢。
明朝尚有无边路,枕上还乡日已殇。
恋土恋家家已去,他乡风景度辰光。
人人皆在江湖上,何处安魂是故乡。

癸巳年秋河南乡村见闻。

阿尔泰夏夜

浩浩林海边,
茫茫山野前。
临风而歌之,
俯仰一人天。

丁亥年荷月作于阿尔泰。

月牙泉咏

丙戌秋西行抵甘北,达月牙泉。见漫漫沙漠中,一汪清泉,弯如新月,碧如翡翠,涟漪萦回,可谓天下奇观也。故咏之。

甘北有奇观,幽居在沙山。
四面鸣沙飞,怀抱一池涟。
形弯若月牙,长流碧水软。
山色金灿灿,清波秋拍岸。
风沙不掩埋,荻花映满泉。
泉清人近月,月宫落人间。
桂花香飘栏,斜阳水连天。
羿娥同入梦,帘落人不眠。
欣悦两对饮,品茗琼浆液。
恐非平生魂,何以路遥远。
孤云无尽时,茫茫云海间。
汉时有帆船,隋唐有楼台。

玉宇嵌雕梁，彩塑壁画艳。
龙王雷神台，娘娘菩萨殿。
古刹拜神仙，香火续百年。
武帝得天马，疑是渥洼潭。
七星铁背鱼，众生度沧海。
最好是黄昏，千古永不变。

夜泊茅家坞

夜泊茅家溪径深,
翠竹古道问茶人。
平沙落雁香微动,
两叶清风古韵存。

庚寅年春作于杭州茅家坞。

外婆家

雨凉风凄隔乡路,
重门深锁无寻处。
不知墙内是谁家,
梗立残垣如泣诉。

庚寅年清明回外婆家浙江省诸暨市卓山汤,彼时已是人去楼空,感慨万千,乃作。

夏夜

风送水声来枕畔,
月移山影到窗前。
孤灯吟哦繁花见,
晨露和云梦亦闲。

庚寅年夏作于北京溪翁庄。

望月

日暮卓山远,
不堪望月圆。
梧风飘落叶,
埠草送流年。

庚寅年秋夜作于北京怡思苑。

观海

长空云雨落纷纷,
碧海烟腾近黄昏。
独倚西楼归雁语,
孤帆远影月华生。

　　　　　庚寅年仲夏北戴河作。

感怀

月盈潮犹落,
风轻水自流。
苍茫闲云舞,
海阔风满楼。

　　　　　庚寅年仲夏作于北戴河。

君子

神兮临若水,
居兮栖云山。
行兮结松竹,
魂兮通幽兰。

壬辰年夏月作于京西半山云居。

竹君

四季无花花亦有,
非同岁岁一枯荣。
几竿清逸新篁雨,
万种风情玉翠浓。

甲午年清和作于北京西山林语山庄。

秋怡

清香一缕落花帘,
春去不知几品闲,
秋亦非秋君致远,
乃得佳韵半生缘。

乙未年秋月作于北京童话山庄。

武夷书院

子隐写真题自警,
著书载道继学明。
忧躬践夙苍生醒,
理道南窟哲永馨。

丁酉年春月作于武夷山。

子：朱子。

隐：武夷山大隐屏峰。

写真：朱熹61岁时在武夷山画有一幅"对镜写真题以自警"像。真迹现存于台北"故宫博物院"。

学：朱子理学，朱子曾表示：绝意仕途，以继二程绝学为己任，奋发读书著述。

理道南窟：武夷山有"道南理窟"之誉。

遣兴

阔广平原兮,寰宇之角落。
岌岌朗玛兮,大地之骨朵。
浩瀚江溟兮,苍穹之水泊。
吾之时空兮,恒永之南北。

丙申年初月作于北京西山林语山庄。

三月天

酥雨清萌三月天,
风和柳绿燕呢喃。
钱塘惊梦船舷月,
一夜桃花案头前。

己丑年三月作于北京溪翁庄。

端午鹊鸣

端阳重午家家粽,
竹叶青清粒粒香。
交交飞来鸣案几,
双双坠入米粮仓。

丁酉年端午日作于北京西山冷泉。

交交:鹊鸣声。

品昆曲

深山君韵芳,
空谷清幽长。
更无旧华梦,
唯有兰素香。

丁酉年仲夏作于北京西山书院。

登董家口长城

家口卧山巅,碉楼挂壁悬。
青峰出碧野,云渡卷残垣。
已故昔公远,人间梦若烟。
山河携日月,悠载越千年。

辛卯年暑月作于河北石家庄

董家口长城:位于河北省秦皇岛市海港区北部。

花事

宛转吟哦明景生,
语如南燕意深深。
烟丝醉软三台月,
花事荼蘼寻梦臻。

辛卯年桂月作于京西。

山野

野雀书童当,山川不卷章。
云居泽日月,木舍一身藏。
早起花间走,暮归披月光。
千千风景里,谁在久徜徉。

庚寅年秋月作于京西半山云居。

辛卯白露

秋风寒送花繁尽,
夜雨霜银莫辨踪。
一岭风尘别树里,
连天次第雁飞东。

辛卯年白露作于北京西山林语山庄。

西山隐

芝兰君子性,松柏古人心。
隐逸山中静,时人勿访宁。
红尘无若境,幽谷有知音。
秋月溶溶夜,相邀到此行。

庚寅年秋作于京西半山云居。

过米拉山口

云低碧穹近,
山寂万木空。
神灵原野阔,
冥冥施雨中。

辛卯年七月作于拉萨。

米拉山:位于西藏自治区,海拔 5000 余米。

谒墨竹工卡

慧日祥云生紫烟,
西来圣浴醒牧原。
甘丹普照觉僧众,
梵域沙罗蕴亘年。

辛卯年七月作于西藏墨竹工卡。

墨工竹卡:位于西藏自治区境内,系松赞干布出生地。

瞿昙寺

兰月竺隆古寺幽,山门空径望悠悠。
寂林檀叶京风落,殿宇碑亭夏草稠。
三世宝光昔日月,珍珠象鼓诉衰由。
知来告往今解了,暑雨秋风任去留。

辛卯年七月作于西宁。

瞿昙寺:位于青海省海东市乐都区曲坛乡。

竺隆:即日竺隆沟(ri khrod lung),藏汉合璧地名,瞿昙寺所在山沟名,藏语意为"苦修僧沟"。

檀叶:即红旃檀叶。

京风:青海民谚语:"走了瞿昙寺,北京再甭去。"瞿昙寺建于明朝,建筑上与北京故宫有渊源。

三世:瞿昙寺三世殿。

宝光:瞿昙寺宝光殿。

珍珠:珍珠树,即旃檀木。

象鼓:象背云鼓,系瞿昙寺镇寺之宝。

题玄妙观

场前复场后,
千年清音绕。
时道非昔道,
观玄古今妙。

辛卯年秋作于江南社会学院。

玄妙观:位于苏州。

姑苏秋夜

子夜姑苏月上秋,
笼灯点破一轮舟。
花随舫影今来见,
波枕横塘夜不忧。

辛卯年秋作于江南社会学院。

横塘:苏州明代水陆驿站。

昆明湖畔

秋暮京城人不眠,
雾霾笼月锁青天。
燕雏愁对声残处,
啼向昆明湖水边。

辛卯年秋作于颐和园昆明湖西堤。

西山听雪

帘外今晨草木银,
林间一鹊动枝惊。
琼花松径留斯影,
莫是西山旧客卿。

辛卯年小寒作于北京西山。

无题

静观流水动观峰,
暗藉银蟾明藉风。
雅若竹君儒若墨,
琴聆泉韵道聆松。

辛卯年仲冬作于北京西山。

冬雪

晨来望宇空,
小雪舞匆匆。
落地何无有,
消芳市井中。

辛卯年腊月作于北京西山。

星夜

星辰夜不寝,
有梦襟中吟。
思得今宵去,
心如一客云。

壬辰年初月作于北京西山。

潮河放龟

尔去斯乐苑,
碧水青草间。
这般知无言,
回目投千年。

丁亥年桃月作于北京密云潮河边。

首春

东边日出西边雪,
新柳寒更半色开。
湖醒冰融冬已去,
风吹帘动燕飞来。

壬辰年正月作于西山。

意兴（四首）

水流花影皆天意，云淡风轻万籁音。
香径不曾因客诵，若闻如是向山阴。

人生韶岁华年短，松野青山日月长。
若问此儒归隐处，昆明湖上看西阳。

春日花菲杨柳岸，秋风篱叶野菊黄。
山中尽是怜香客，又有何人去赏芳。

昆明湖水与天连，碧澈涓流万寿绵。
此地何来澜若许，西山汇尽万条泉。

壬辰年杏月作于北京西山。

登尼丘山观川亭

尼丘山上少人行,野草苔阶一寸生。
夫子观川千古叹,光阴似水更犹鸣。
鹊啼雁叫言师表,柏树云笺写古今。
不为春秋斯者去,长天沂水洞丘明。

丙戌年春作于曲阜。

尼丘山:位于山东省曲阜市,是一代圣人孔子的诞生地。

观川亭:建于元代。《论语·子罕》篇有"子在川上,曰:逝者如斯夫,不舍昼夜"。相传孔子曾在此看到沂河水滔滔,感叹光阴如流水,不分昼夜地流逝。

题潭柘寺

千章绕寺松,入径古潭幽。
紫陌烟云外,花开一笑空。

壬辰年杪春作于北京西山。

潭柘寺:位于北京西南。

天井

寸方藏岁月,
一眼载秋春。
昔往凭栏在,
涓涓映故人。

癸巳年清和作于浙江卓山。

君山斑竹

一径飞帘雨,千山散紫阴。
何人涕泪洒,千里殉夫君。
洞水湍流去,湘山思到今。
后人怜此意,天地祭秋春。

癸巳年初月作于北京西山林语山庄。

君山:位于湖南省。

斑竹:相传舜帝的两个妃子千里寻夫到君山,惊闻舜帝驾崩,泪洒竹篁,遂称"斑竹"。

樱花

霏霏雾里红,
熠熠雪云容。
百卉边旁别,
清芬独昳拥。

癸巳年杏月作于北京肖家河。

乡间

田间耕种妇孺耙,
少小童孙早当家。
年壮离村情未了,
乡愁也傍望桑麻。

癸巳年麦秋差旅途经河南乡村有感。

东滩春晓

白鹭衔春芦细语,
沙头鱼跃久徘徊。
荻花映碧涛声远,
江海连天日月来。

癸巳年暮秋作于崇明岛。

东滩:位于上海崇明岛东,长江入海口最大的湿地。

沙头:崇明岛东沙滩。

游燕塞湖

一湖悬镜月,
万翠卧银屏。
日暮烟岚雨,
夕崖归鹭鸣。

壬辰年清和作。

燕塞湖:位于河北省秦皇岛。
银屏:山杏银屏,燕塞湖风景之一。
镜月:水中镜月,燕塞湖风景之一。

兰亭春早

兰亭三月春烟起,碧竹清风见翠微。
高士流觞尘迹永,望江遥想故人归。
鹅池曲水今安在,字尾碑头古道非。
遣兴方将斯日尽,有约别作两依依。

庚寅年三月作于兰亭。

兰亭:位于浙江省绍兴市,东晋书圣王羲之的寄居地。

流觞:曲水流觞。

望江:兰亭江。

鹅池:相传王羲之爱鹅,生前养鹅于庭院池中,故称。

字尾碑头:建于清康熙年间的兰亭碑上"兰亭"二字为康熙御笔,如今"兰"字缺尾,"亭"字缺头。

夏日偶得

羽扇侵凉意,
池风拂案头。
山前荷下雨,
亭外柳边舟。

壬辰暑月作于西山林语山庄。

游天马山

燕子翻身一线巅,
悬崖寸径见深渊。
谁言天马行空处,
我亦穿云步海天。

壬辰年秋作。

天马山:位于河北省秦皇岛市抚宁区。
燕子翻身:天马山主峰通道。

登澄海楼

沧流碧海千层浪,
人在溟天一色中。
多少孤帆别梦里,
唯留关月映长空。

壬辰年秋作于山海关。

南迦巴瓦峰临望

千秋巴瓦雪,
梵域锁苍穹。
云入何无有,
悄然露剑锋。

辛卯年七月作于拉萨赴林芝途中。

南迦巴瓦峰:位于西藏自治区境内。藏语为"直刺天空的长矛",主峰高约7782米。

心儿遣

一夜落秋黄,千山草木藏。
登高人尽望,西渐晓风凉。
遣雁南归去,捎笺絮语长。
汝儿行已远,切莫念他乡。

壬辰年仲秋作于西山。

中秋夜思

儿时十五中秋夜,西子湖滨绿水间。
今日中秋十五夜,昆明湖畔玉泉边。
秋风一夜繁花瘦,犹为离人自奏弦。
碧宇清辉依几许,小廊藉月宿无眠。

壬辰年中秋夜作于西山。

过阳关

西巡路上阳关道,关去楼空大漠流。
戈壁茫茫藏旧迹,汉烽瑟瑟立沙丘。
西风正渐催孤雁,一夜箫吟过域洲。
走马城池行已远,尘烟夕暮使人愁。

壬辰年夏月作于敦煌。

阳关:位于甘肃省境内。始建于汉武帝元鼎年间,因坐落于玉门关之南而得名。

古道行

古道生残月,
阳关入漠流。
寒鸦鸣欲静,
走马度西洲。

壬辰年夏月作于敦煌。

偶得

长风生袖底,
浩气落毫端。
睡眼观云海,
逍遥卧静轩。

壬辰年夏月作于北京肖家河。

洛阳观牡丹不遇

洛阳一夜过风寒,
暮雪香残客不眠。
今夕入尘埋玉蕾,
明朝熠熠出华年。

壬辰年三月作于洛阳。

思归

客舍京城三十秋,
风丝雨片忆杭州。
归思日夜心何往,
江北江南最是忧。

壬辰年秋月作于北京西山林语山庄。

夜泊云湖山庄

时将岁暮野莹莹,
偶有惊飞鹊鸟鸣。
夜半云湖寒雾起,
柏风淞雨听花冰。

壬辰年岁暮作于京西云湖山庄。

山庄小憩

余生得半百,
徐步陌尘间。
西岭无凡客,
山庄有柳烟。

癸巳年仲春作于京西林语山庄。

昆明湖望柳

九九沿湖看柳来,苍天蔽宇久难开。
去年晓岸千枝秀,今岁芳辰媚景衰。
草木不新时鸟远,南归北燕几徘徊。
堤头疏影空流水,何日春风复剪裁。

癸巳年首春游颐和园昆明湖有感。

癸巳清明

夜雨西山烟霭霏,
桃花千树晓云堆。
时人谁识清明雨,
轻潜无声有翠微。

西山林语山庄作。

婺源晨起

江湾晓起傍邻村,
万亩芸薹陌满芬。
黛瓦炊烟香岭路,
春花春水映晨昏。

丙申年春作于江湾。

婺源:位于江西省。
江湾、晓起:皆村名。
芸薹:油菜。

杏花（二首）

三月羞花烟雨中，漫枝凝脂露滴浓。
旁人不晓又何妨，藏在深山别样红。

杏雨春花傍小窗，此山与陌两相忘。
竹林七子溪边聚，不觅钱粮觅子阳。

癸巳年三月作于京西童话山庄。

子阳：古代归隐人。

楠竹夏夜

夜宿楠竹岭,蝉鸣听小窗。
夏花飞谷水,松露欲沾裳。
濯雨云岚起,荷风送清凉。
卯时人不待,执杖过龙江。

癸巳年荷月初六日作于江西井冈山楠竹山庄。

濯雨:夏日大雨。
龙江:位于井冈山。

夏夜听雨

西边岭望西边月,
下有荷塘映水云。
夜听小楼池上雨,
半山居隐半山君。

癸巳年夏日作于西山。

秋意(二首)

今宵残暑日,种菊傍山依。
一叶知秋意,来年尚可篱。

残云收末暑,山雨带秋岚。
夏晚荷池夜,蝉鸣月下眠。

癸巳年处暑作于童话山庄。

山墅

小居筑在云山里,
溪谷烟林清景幽。
松鼠常邀来作客,
廊前月下共与秋。

癸巳年秋作于童话山庄。

秋日遣怀

八月岭西秋,京河北水流。
思乡千里梦,栖客五更愁。
不问紫轩雨,朝朝望月楼。
故园安好否,此念复悠悠。

癸巳年暮秋作于西山。

西堤雁未归

堤山无人看花开,
阴霾浓锁没瑶台。
昨秋只见雁飞去,
不见今春归雁来。

癸巳年早春三月于昆明湖畔。

日月山上

祁连日月山涵镜,
云逐鲜波映碧黄。
西海茫茫秋色远,
芸花深处有毡房。

辛卯年六月作于西宁。

西海:青海湖。日月山位于青海湖畔。
鲜波:青海湖又称"鲜海",因湖水清澈湛蓝而得名。
芸花:油菜花。

云笺

秋雨秋风叶落时,
云笺一片枕荷池。
寻芳晚傍难归久,
应遣光阴莫作迟。

癸巳年秋月作于京西。

其他

春罗绉

千里平湖楼外楼。
一弯玄月镜中愁。
约了梅子枝上留。
隔着堤边柳。

春来春去春罗绉。
花开花落花繁瘦。
飞羽啾啾意不休。
莺花吹满头。

丁酉年春月于北京西山林语山庄。

冬夕谣

景萧萧,空寥寥。
辰光照影更寒宵。
沉虚侵籁云阶绕。
守着月儿天际遥。

怅音又续平湖曲,
因思这般莫愁与。
隔水灯花映玉箫,
小桥犹听声如许。

丁酉年子月初九日作于林语山庄。

小桃红

一城春雨晓风凉,
柔柳怎的西湖上,
依旧无人断桥望。
水云沧。

红绸绿瘦尽也烟波漾。
似这般滋味,
滴得个梦影儿夜未,
底事不堪伤。

乙未春望。

倚阑夜

云山外,陌草黄,只雁向何方。
晚倚阑夜琴声长,悠悠天满霜。

天之涯,雁何往,辞根作蓬沧。
一江秋水是河坊,依依别故乡。

　　癸巳年十二月二十日戌时寄语胞姐茵于北京溪翁庄。

红绣鞋

雁儿把珠帘唤了,向江南归宇还巢。
碧天寒带影空消。

水凝凝烟渺渺,云暧暧雨萧萧。
秋蝉多自扰。

      丙申年白露秋夜西山遣怀。

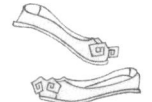

图书在版编目（CIP）数据

伊氏诗稿 / 伊人著. -- 杭州：西泠印社出版社，2021.7
 ISBN 978-7-5508-3445-3

Ⅰ. ①伊… Ⅱ. ①伊… Ⅲ. ①诗词－作品集－中国－当代 Ⅳ. ①I227

中国版本图书馆CIP数据核字(2021)第126812号

伊氏诗稿
伊人 著

出 品 人	江　吟
责任编辑	李寒晴
责任出版	冯斌强
责任校对	徐　岫
装帧设计	王　欣
出版发行	西泠印社出版社

（杭州市西湖文化广场32号5楼　邮政编码　310014）

经　　销	全国新华书店
制　　版	杭州如一图文制作有限公司
印　　刷	杭州四色印刷有限公司
开　　本	787mm×1092mm　1/32
印　　张	9.25
字　　数	100千
印　　数	0001-1000
书　　号	ISBN 978-7-5508-3445-3
版　　次	2021年7月第1版　第1次印刷
定　　价	48.00元

版权所有　翻印必究　印制差错　负责调换
西泠印社出版社发行部联系方式：（0571）87243079